मिडिल क्लासिया

सत्यदीप त्रिवेदी

 pencil

ISBN 978-93-5458-733-7

Published in India 2021 by Pencil

A brand of

One Point Six Technologies Pvt. Ltd.
123, Building J2, Shram Seva Premises,
Wadala Truck Terminal, Wadala (E)
Mumbai 400037, Maharashtra, INDIA
E connect@thepencilapp.com
W www.thepencilapp.com

DISCLAIMER: *This is a work of fiction. Names, characters, places, events and incident s are the products of the author's imagination. The*

Author biography

गोरखपुर से ताल्लुक रखने वाले सत्यदीप त्रिवेदी नयी पीढ़ी के प्रयोगधर्मी रचनाकार हैं। व्यंग्य हालाँकि पसंदीदा विषय है, लेकिन साहित्य की हर विधा में हाथ आजमाते आये हैं। गद्य के अलावा, काव्य क्षेत्र में भी अच्छी दख़ल रखते हैं, जिसका नमूना इनके विभिन्न सोशल मिडिया अकाउंट्स पर समय-समय पर दिखलायी पड़ता है। अपनी रचनाओं के जरिये सत्यदीप; समसामयिक दुर्व्यवस्थाओं पर जो करारी चोट करते हैं, उसकी प्रशंसा जितनी भी की जाये कम है। तीन वर्षों के अपने साहित्यिक सफ़र में- स्याह मोतियों की माला(गद्य-काव्य संग्रह), जनता लंगड़दीन(लघुकथा संकलन), दो आशिक़ अन्जाने(लघु उपन्यास) के बाद यह इनकी चौथी किताब है। उम्र बढ़ने के साथ इनकी शैली कुछ और मुखर हो उठी है। आशा है कि भविष्य में भी इनकी लेखनी हमें इसी ढंग से आनंदित करती रहेगी।

CONTENTS

Epigraph

'भारत की हतबुद्धि जनता पहले तो चिल्लाती है कि "हमारा कल्याण करो-कल्याण करो!" और सरकार जब कल्याण करने पे उतारु हो जाती है तो इन्हें अपच होने लगती है, टट्टियाँ शुरू हो जातीं हैं, और फ़िर अगले चुनाव में ये लोग सरकार का ही कल्याण कर देते हैं। बस इसी वजह से हमारी सरकारें कल्याण करने से गुरेज़ करती हैं। ऐसी एहसानफरामोश जनता का कभी कल्याण नहीं हो सकता। अगर कहें कि कल्याणकारी योजनाओं से वंचित रह जाना ही इसकी नियति है, तो इसमें आश्चर्य क्या है।'
-सत्यदीप त्रिवेदी

Foreword

बड़े लोग-बड़ी बातें

सत्यदीप त्रिवेदी विज्ञान के विद्यार्थी रहे हैं। सम्भवतः इनके माता-पिता इन्हें विज्ञान के क्षेत्र में ही कुछ करते देखना चाहते होंगे। प्रतिभा लेकिन ऐसा सुसुप्त बीज है जो विपरीत परिस्थितियों में भी अपना रास्ता ढूंढ निकालती है और धरती की कोख से बाहर आकर आकाश से बातें करना चाहती है। कुछ ऐसा ही मामला सत्यदीप त्रिवेदी का भी है। इनकी रचनात्मक प्रतिभा तमाम विपरीत परिथितियों में भी एक सुन्दर, सुदृढ़ आकार ले रही है। मानवस्थली पब्लिक स्कूल का प्रबंधक होने के नाते सत्यदीप आज से तक़रीबन आठ वर्ष पहले तक मेरे विद्यार्थी रहे लेकिन मैं इनकी साहित्यिक प्रतिभा से तीन वर्ष पहले तब परिचित हुआ जब लघुकथा-कविताओं का इनका पहला संग्रह "स्याह मोतियों की माला" प्रकाशित हुआ और मुझे भी उसे पढ़ने का अवसर प्राप्त हुआ। उसके पश्चात् इनका कहानियों का संग्रह "जनता लंगड़दीन" और एक लघु उपन्यास "दो आशिक अनजाने" हमारे समक्ष आ चुके हैं।

सत्यदीप एक बार फ़िरसे पंद्रह विशिष्ट रचनाओं का एक शानदार संग्रह "मिडिल क्लासिया" लेकर हमारे सामने प्रस्तुत हैं। मिडिल क्लासिया में कुछ रोचक लघुकथाएं भी हैं, मगर व्यंग्य की अधिकता है। एक व्यंग्य संग्रह के बीचोंबीच 'प्रेम-पियासा' जैसे गंभीर मुद्दे को छूने का जो साहस किया है, वो भी अपने आप में एक सुखद आश्चर्य है। लेखक हर बार कुछ नया करने का प्रयास कर रहे हैं, और इस प्रगतियात्रा में इनकी लेखनी का पैनापन निःसंदेह बढ़ता जा रहा है। पहले लघुकथाएं, फिर कहानियाँ, उसके बाद लघु उपन्यास और अब यह व्यंग्य संग्रह।

इनकी भाषा ठेठ बोलचाल की भाषा है। लेखक व्याकरण की जटिलताओं से बेपरवाह आम लोगों के हृदय में सहजता से उतर जाने वाली भाषा में लिखते हैं और यक़ीनन; बहुत अच्छा लिखते हैं। प्रतिभा उम्र की मोहताज नहीं होती, लेखक इसका जीवंत उदाहरण हैं। समाज के विभिन्न क्षेत्रों में व्याप्त विरोधाभासों, बुराइयों-अच्छाइयों आदि से यह भली-भांति परिचित लगते हैं। इनके लेखन से साफ़ झलकता है कि यह नवयुवक हर तरह के व्यक्तित्व की जटिलताओं को, दिखावेपन को सहज ही परख लेता है। प्रस्तुत पुस्तक को पढ़ने के बाद इनके जानने वाले यह सोचने पर अवश्य मजबूर होंगे कि यह शख्स उनके बारे में क्या धारणा रखता है और मैं भी इसका अपवाद नहीं हूँ। इनकी पैनी दृष्टि किसी भी व्यक्तित्व के

बनावटीपन को आसानी से भेद सकती है। प्रस्तुत संग्रह "मिडिल क्लासिया" में इन्होने समाज के पन्द्रह अलग-अलग विषयों पर कटाक्षपूर्वक लिखा है और कुछ इस तरह से लिखा है मानो वह चरित्र ये स्वयं ही हों। अपने कटाक्ष में यह इतने निर्मम है कि खुद अपने आप को भी नहीं छोड़ते और लिखते हैं कि "बेकार आदमी अगर पढ़ा-लिखा हो तो सबसे पहले लेखक ही बनता है।"

इनके लेखन को पढ़ना एक सुखद अनुभव है और मुझे विश्वास है कि इस पुस्तक को पढ़ने वाले इनकी बाकि कृतियों को भी पढ़ने के लिए बाध्य होंगे।

शुभकामनाओं सहित,

संजीव दुबे

डायरेक्टर: मानवस्थली पब्लिक स्कूल

भूतपूर्व वरिष्ठ प्रबंधक, पीएनबी

वित्त एवं प्रशासकीय अधिकारी, नेशनल इनोवेशन फाउंडेशन-भारत सरकार

एक छोटे परिवेश से निकलकर कोई युवा जब किसी बड़े शहर में कदम रखता है तो उसके साथ होती है उसकी संस्कृति की पोटली। हर एक परिवेश की अपनी एक खास संस्कृति होती है, और ऐसे युवा ऐसी कई सारी पोटलियां लिये निरंतर

प्रगतिशील रहते हैं। एक ऐसे ही युवा किन्तु अनुभवी लेखक हैं सत्यदीप त्रिवेदी। अपने मौजूदा संग्रह मिडिल क्लासिया के जरिये इन्होंने

पूर्वांचल में रहने वाले किसी औसत मिडिल क्लास आदमी के जीवन में आने वाली परेशानियों का यथार्थ चित्रण किया है। संस्कृति महान है अथवा नही, यह एक तुलनात्मक अध्ययन का विषय है, लेकिन एकात्म स्वरूप में देखा जाए तो वह हमेशा ही मनुष्य के व्यवहार में झलकती है। और शायद यही कारण है कि हर आदमी अपनी ही संस्कृति को हर जगह देखता है। मिडिल क्लासिया के यूं तो सभी शीर्षक बेहतरीन हैं, मगर रेलयात्रा को हू-ब-हू उतार देने वाला व्यंग्य, ट्रेन टू गोरखपुर मुझे ख़ास तौर से पसंद आया। ट्रेन का सफ़र कोई असामान्य घटना नहीं है, लेकिन लेखक ने जिस ढंग से अपने पाठकों का पूर्वांचल में की गयी रेलयात्रा के उतार-चढ़ावों से परिचय कराया है, वह अद्भुत है। हास्य को छोड़ भी दें, तो व्यंग्य के माध्यम से चुटीले शब्दों में जो करारी चोट हमारी कुव्यवस्थाओं पर की गयी है, वह काफ़ी सराहनीय है। संसाधनों की कमी और जनसंख्या की अधिकता, पूर्वांचल को एक विशेष प्रकार की संस्कृति से अनुग्रहित करती है। यहां पर प्रेम, कटुता, ईर्ष्या और विद्वेष जैसी भावनाओं को सहज ही व्यक्त करने की परंपरा स्वाभाविक रूप से विकसित हुई है। ऐसे सभी भावरूपी मोतियों को एक माला में पिरोने का अद्भुत

प्रयास लेखक द्वारा किया गया है। एक छोटी सी कहानी में इतने भावनाओं का समावेश करने का प्रयास भी उल्लेखनीय है। आम आदमी के जीवन में उपजे झंझावातों और उनसे ही जीवन का नया रास्ता निकालने की हमारी शैली को लेखक ने इस संग्रह के माध्यम से बखूबी कैनवास पर उतारा है। आशा है कि सत्यदीप की पिछली रचनाओं की तरह इस संग्रह को भी पाठकों का आशीर्वाद मिलेगा। शुभेच्छाएं।

विनय बरनवाल

भूतपूर्व शोध विज्ञानी, दिल्ली विश्वविद्यालय(साउथ कैम्पस)

असिस्टेंट प्रोफ़ेसर, वनस्पति विज्ञान विभाग

स्वामी विवेकानंद पीजी कॉलेज,लार-देवरिया

Preface

इस पुस्तक को साक्षी मानकर लेखक यह वचन देता है कि लेखक मंगल ग्रह का कोई प्राणी न होकर आपकी ही तरह एक आम आदमी है। हाँ, अगर कुछ फ़र्क़ है तो वो सिर्फ़ यह कि दूसरे जिस पीड़ा को सिस्टम का हिस्सा मानकर चुपचाप सह जाते हैं, लेखक उसे कहानियों की शक्ल देकर कागज़ पर उतार देता है। बस इतनी भर ही है इस संग्रह की भूमिका, और इसका विस्तार।

मिडिल क्लासिया में मिडिल क्लास आदमी के जीवन से जुड़ी पारलौकिक घटनाओं का बड़ी संजीदगी से उल्लेख किया गया है। अब इन्हे पढ़कर आपको हँसना है या रोना है-यह फ़ैसला मैं आप पर छोड़ता हूँ। आम आदमी चाहे ट्रेन में यात्रा करे, या बैंकों के चक्कर लगाये, शादी-ब्याह में शिरक़त करे या फ़िर घर में अच्छा-भला बैठा रहे-बेचारे के साथ हमेशा कोई न कोई ट्रैजेडी होती ही रहती है। ऐसी ही रोजमर्रा की बातों को *मिडिल क्लासिया* में एकालाप का रूप देकर प्रस्तुत किया गया है।

पाठकों के हाज़मे के लिए भाषा शैली का विशेष ध्यान रखा गया है। सीधे-सपाट व्यंग्य के दौरान अनायास ही कुछ गहरी बातें उछलकर बाहर आ जाती हैं, जिनपर आपका ध्यान जाना ही चाहिए। मिडिल क्लासिया दरअसल एक साहित्यिक इंद्रधनुष है। इसकी कुछ कहानियों में आप खिलखिलाकर हँस पड़ेंगे तो कहीं रूककर सोचने पर विवश हो जायेंगे। *ट्रेन टू गोरखपुर* और *तहसील दिवस* जैसे कटाक्षों के इतर, *घूरन की रज्जो* जैसी विषयांतर कहानियां, जो समाज में घटित तो होती हैं मगर कभी मुख्यधारा के साहित्य में अपनी जगह नहीं बना पातीं, ऐसी कहानियों का वर्णन भी आवश्यक था। बहुतेरी कहानियां ऐसी भी होतीं हैं, जो अपने अंत पर आकर समाप्त नहीं होतीं, बल्कि वहीं से आकार लेती हैं। *सोसायटी* और *नस्लभेद* सरीखी लघुकथाओं का विस्तार बहुत अधिक है। *घनचक्कर* हमें बताती है कि अच्छे-बुरे लोग किसी एक विशेष दायरे में सीमित नहीं होते बल्कि समाज के हर स्तर पर, हर तबके में बसे होते हैं।

चूँकि समय गुज़रने के साथ सामाजिक-प्रशासकीय और राजनीतिक व्यवस्थाओं में आमूलचूल परिवर्तन देखने को मिलते ही हैं, इसलिये व्यंग्य या कटाक्ष का प्रभाव कभी शाश्वत नहीं हो सकता। प्रेम एक कालजयी घटना है और प्रेमकथाएँ किसी भी काल, दशा और किसी भी अवस्था में चटखारे लेकर पढ़ी जा सकतीं हैं। मगर अच्छी से अच्छी व्यंग्य रचना भी

सामाजिक प्रगतिशीलता के साथ अपना पैनापन खो देती है, अप्रासंगिक हो जाती है। यही कारण है कि नए लेखक, प्रकाशक और अंततः पाठक भी व्यंग्य में विशेष रुचि नहीं रखते। एक व्यंग्यकार; साहित्य जगत का अकेला ऐसा अभागा जीव है जो अपनी लेखनी से पाठकों के प्रत्येक वर्ग को कभी एकसाथ संतुष्ट नहीं कर सकता। किसी रचना की एक पंक्ति पर जो लोग आपकी पीठ ठोंकेंगे, अगली पंक्ति पर वही लोग आँखें तरेर लेंगे। इसके बावजूद कुछ सिरफ़िरे लोग सत्ता में, समाज में बसने वाले कुम्भकर्णों को जगाने के लिए लिखते रहते हैं, यह जानते हुए भी कि कुछ समय बाद उनकी रचना मर जायेगी, अप्रासंगिक हो जायेगी। समाज के विकासक्रम में लेकिन कुछ वस्तुएं होम कर दी जातीं हैं, और मैं भी चाहता हूँ कि मेरे व्यंग्य जल्द से जल्द अप्रासंगिक हो जायें।

आइये! हम सब मिलकर एक बेहतर कल की कामना के साथ पन्ना पलटें।

दो निकम्मे

सुरसती पैंतालिस वर्षीया विधवा हैं। इधर कुछेक दिनों से वो अपने जवान बेटे को लेकर काफ़ी चिंतित रहती थी। तेइस बरस का नौजवान लड़का, दिनरात घर में पड़े-पड़े फ़ोन में पब्जी खेला करता था। सुरसती को उसकी इस आदत से बहुत कोफ़्त होती थी। सर पे पिता का साया न होने से; कोई सख़्ती करने वाला न था। एक सुबह पड़ोस में रहने वाली रामकली ने सुरसती को यह सुझाव दिया- "लड़के को अकेलापन काटता होगा। जवान है-शादी की उमर हो गई है इसकी। शादी करदो। सर पे बोझ पड़ेगा तो सारे ऐब छूट जाएंगे।"

ऐसा नहीं है कि सुरसती ने इस बारे में पहले सोचा नहीं था; पर वो चाहती थी कि बेटा पहले कुछ कमाने लग जाए तो शादी-ब्याह की बात सोचना भी ठीक रहेगा। लेकिन जब रामकली ने बहुत ज़ोर दिया तो वो तैयार हो गई। एक अच्छे मुहूर्त में, माँ ने देख-परख कर नए फ़ैशन की एक लड़की से शादी पक्की करदी। शादी बहुत धूमधाम से हुई। अपने बूते भर में सुरसती ने कोई कसर बाकी नहीं रखी थी।

सुहागरात की अगली सुबह लड़का और लड़की दोनों ही एकसाथ सोकर उठे-9 बजे। नई-नवेली दुल्हन; माँ जी को देखकर मुस्कुराई और बड़ी तेजी से बाथरूम में घुस गई। नई बहुरिया थी। माँ ने टोकना ठीक न समझा।

अगले दिन भी दोनों साढ़े-नौ बजे सोकर उठे। माँ ने देखा तो सही

लेकिन प्रत्यक्ष में बोली कुछ नहीं। अपने आप में बड़बड़ाती हुई चूल्हे-चौके में लग गई। लेकिन जब तीसरे दिन भी दोनों नौ बजे सोकर उठे तो सुरसती का पारा चढ़ गया। कहाँ तो सोचा था कि बहू के आ जाने से बेटा सँभल जाएगा, इससे तो अपनी ही देह नहीं सँभाली जाती। मन की साध थी कि 'बहू आ जाएगी तो आप बैठकर चैन की रोटी तोड़ेंगी- यहाँ तो उल्टे देवीजी को बनाके परसना पड़ता है।' उसके जी में आया कि अभी जाकर बहू की चोटी पकड़े और तड़ातड़ आठ-दस तमांचे झोर दे। इसे क्या अपने बाप का घर समझ रक्खा है? किस घर का रिवाज है कि बूढ़ी सास चौका सम्भाले और बहूरानी दस बजे तक टाँग पसारे सोती रहे? लेकिन लोकलाज के ख़याल से सुरसती खून का घूँट पीकर रह गई। पहले यह पता करना चाहिए कि इतनी देर से सोकर क्यों उठती है यह। मेरी भी तो शादी हुई थी। किस की नहीं होती। लेकिन कौन सी बहुरिया दिन-चढ़े सोकर उठती है। अचानक उसके मन में एक अजीबोग़रीब विचार कौंध गया-"आज इनके कमरे के बाहर चुपके से कान लगाकर मालूम किया जाए कि यह माज़रा क्या है?"

रात के दस बजे सुरसती बेटे के कमरे के बाहर जाकर खड़ी हो गई। खिड़की-दरवाजा दोनों बंद थे तो आवाज़ बाहर आने की गुंजाइश ना के बराबर थी। सुरसती ने अपना बायाँ कान दरवाज़े के पल्ले पर सटा दिया। अंदर कमरे में काफ़ी उठापटक मची हुई थी। कभी बेटा जोर से चीखता था-कभी बहू। और कभी-कभार तो दोनों एकसाथ चीख पड़ते थे।

बेटा हड़बड़ी में कहता था-"कवर दे!कवर दे!"

कभी तो बहू चौंककर कहती-"सामने-सामने। वो देख उधर, बिल्डिंग के ऊपर।"

सुरसती ने पहले भी कई दफ़ा बेटे को अपने फ़ोन में आंखें गड़ाकर खेलते हुए देखा था। उसे समझते देर न लगी कि दोनों मियां-बीवी फ़ोन में गेम खेल रहे हैं। उसने मन में सोचा-'नए जमाने के बच्चे हैं। मन बहलाने के लिए रात को सोने से पहले खेल लेते हैं

थोड़ा-बहुत। इसमें कोई हर्ज़ नहीं है।' ऐसा सोचकर सुरसती; राम-राम भजती हुई ओसारे में सोने चली गई।

भोर में चार बजे उसकी नींद खुल जाया करती है। ज़मीन पर पैर रखने से पहले, आदतन उसने धरती मइया को प्रणाम किया। एकाएक जाने क्या उसके मन में आया और उसके कदम बरबस ही बेटे की कोठरी की तरफ़ उठ गए। सुरसती ज्यों ही फ़ाटक के नज़दीक पहुँची, उसे फ़िर से वही भूतिया आवाज़ें आने लगीं। भोर के सन्नाटे में नव-दम्पति की चिल्लपों और साफ़ सुनाई पड़ती थी। कभी तड़ातड़ गोलियां चल रहीं हैं, कभी बम बरसाए जा रहे हैं। रह-रहकर चीखने-चिल्लाने की वीभत्स आवाज़ें भी आ जातीं हैं।

आज सुबह-सुबह सुरसती अपनी उसी रामकली के घर की तरफ़ जाते देखी गई है जिसने उसे शादी कराने की नेक सलाह दी थी।

वो गुस्से में कुछ बड़बड़ा भी रही थी-"....हरामज़ादे! यहां बुढ़ापे में काम किये-किये कमर अकड़ी जा रही है और उधर साले मियां-बीवी दोनों बैठके रात-रात भर गेम खेलते हैं। जब बैठा के यही कराना था तो मादर... एकी निकम्मा काफ़ी था।"

समाप्त

तालाब एक दलदल है

किसी गाँव में एक तालाब था-साफ़-सुथरा,सजीला सा। ग्रामीण उसकी पूजा किया करते थे। उसमें डुबकी लगाकर ख़ुद को धन्य-धन्य समझते थे। बड़ी श्रद्धा से उसके पानी को सर पर लगाते थे। तालाब के पानी से गाँव भर की ज़रूरतें पूरी होतीं थीं। खेतों की सिंचाई होती थी- नहरों को पानी मिलता था।

उस तालाब से हालाँकि केवल सामाजिक हित के ही काम होते थे, ग्रामीण कभी अपने निजी स्वार्थवश उसमें नहीं उतरते थे। आस-पड़ोस के महानतम साहित्यकार, उस तालाब का माहात्म्य लिखते न अघाते थे। चारण-भाट भी हमेशा उसकी महिमा गाया करते थे। लेकिन समय सब दिन एक जैसा नहीं होता- समय का पहिया निरंतर घूमता रहता है। काल की गति से एक-एक कर गाँव के बड़े-बुज़ुर्ग परलोक सिधार गए। नई पीढ़ी ने विरासत सँभाल ली। तदनुसार समाज से दया-क्षमा और परोपकार जैसी चीज़ों का लोप होने लगा और उनकी जगह स्वार्थ-दम्भ और द्वेष ने ले ली। गाँव वालों की मति बदलने लगी। तालाब को लेकर उनकी सोच बदलने लगी। और फ़िर बदल गए तालाब के दिन भी।

एक दिन अचानक एक रसिक पनडुब्बा तालाब में उतर गया। ग्रामीणों ने यह देखा तो आग-बबूला हो गए। इस कृत्य की उन्होंने कड़ी निंदा की-कड़ा ऐतराज़ जताया। गाँवभर के लोग तालाब किनारे जमा होकर काँव-काँव करने लगे। चारों तरफ़ बढ़ते

प्रतिरोध को देखकर भी वह पनडुब्बा बिल्कुल शांत खड़ा रहा और होंठों पर उँगली रखकर बड़े धीमे स्वर में बोला- "श़श़, आप सब लोग कृपया शांत हो जाइये और मेरी बात ध्यान से सुनिये। मैं आज इस तालाब में खड़े होकर, आप सभी गुरुजनों को साक्षी मानकर यह शपथ लेता हूँ, कि मैं इसका उपयोग निजी स्वार्थ के लिये कदापि नहीं करूँगा- बल्कि इससे समाज के हर वर्ग की यथायोग्य सेवा करूँगा।"

पनडुब्बे की ऐसी मधुर वाणी को सुनकर ग्रामीणों का गुस्सा क्षणभर में पानी हो गया। सब हर्षित होकर कहने लगे-साधो-साधो!

वह पनडुब्बा अब दिनभर तालाब में हाथ जोड़े खड़ा रहता। हर आने-जाने वाले को वह मुस्कुराकर पानी पिलाता था। बहुत कम समय में ही उसने गाँव के अच्छे-अच्छों को पानी पिला दिया। लोग उसके सद्कार्य से बड़े प्रभावित रहने लगे। थोड़े ही समय में सभी ग्रामीणों को अपने भरोसे में लेने के बाद फ़िर रात के अंधेरे में, उसने तालाब का पानी थोड़ा-थोड़ा करके, गाँव से बाहर बेचना शुरू कर दिया। पहले-पहल किसी को संदेह नहीं हुआ- क्योंकि वो अब भी दिन में थके-माँदे यात्रियों को मुस्कुराकर पानी पिलाता था। गाँव वाले उसकी मिसालें दिया करते थे। पर जब धीरे-धीरे तालाब का पानी कम होने लगा- तब लोगों का माथा ठनका। गाँववाले परेशान रहने लगे-ऐसे तो तालाब सूख जाएगा। तब एक दिन गाँव का एक दूसरा पनडुब्बा आगे आया और थोड़ी भीड़ जुटाकर भाषण देने लगा- भाइयों! जिस तरह से तालाब का पानी दिनोंदिन घट रहा है, वह अपने आप में काफ़ी चिंता का विषय है। इतिहास गवाह है कि आजतक ऐसा कभी नहीं हुआ। जो पहला पनडुब्बा तालाब में उतरा था न, मुझे पूरा विश्वास है कि ये उसी की कारस्तानी है। अगर आप सबकी सहमति हो, तो मैं तालाब में उतरकर उसकी निगरानी करूँगा। भीड़ में से किसी ने यह बात समूचे गाँवभर में फ़ैला दी। ग्रामीणों ने फ़िर इसपर एक बैठक बुलाई और आम सहमति से, नए पनडुब्बे को तालाब में उतरने

की इजाज़त दे दी गई।

अगले ही दिन वह पनडुब्बा तालाब में उतर गया। दिनभर वह पहले वाले पनडुब्बे के ठीक सामने ही खड़ा रहा- पहले वाले को इससे थोड़ी असुविधा भी हुई।

रात होते ही दूसरा पनडुब्बा, पहले वाले के कान में जाकर बोला- "सुनो जी! मुझे पता है तुम रात में तालाब का पानी ब्लैक करते हो। अब अगर तुम्हें ये बिजिनेस करना है तो मेरी एक शर्त माननी पड़ेगी, वर्ना मैं तुम्हारी सारी पोल-पट्टी खोल दूँगा।"

अच्छा काम तो किसी को दिखाकर किया जाता है, पर बुरा काम करते हुए मन में यही टटका रहता है कि कोई देख ना ले। अब तो पहले वाले पनडुब्बे का राजदार पैदा हो चुका था। कोई रास्ता न देखकर, ब्लैकिये ने सिर हिलाकर अपनी मूक सहमति प्रदान कर दी। पूरनमासी के चाँद के ठीक नीचे, झिलमिल करते तालाब के पानी में उन दोनों के बीच कुछ बातचीत हुई, फिर दोनों ही पनडुब्बे काहिल हँसी हँस पड़े।

वह रात ढल गई, सुबह हुई और फिर रात आ गई।

पहला पनडुब्बा अपना पानी बेचने निकल गया- दूसरा पनडुब्बा अपने घर चला आया। पहला पनडुब्बा जब वापस लौटा तो उसने देखा- दूसरा वाला तालाब में अपनी गाय-भैंसे नहला रहा है। दोनों की नजरें आपस में टकरायीं और दोनों काफ़ी देर तक मुस्कुराते रहे। कालांतर में तालाब की दशा; बद से बद्तर होने लगी। कुछ पानी की कमी से, और कुछ गाय-भैंसों के नहाने से- तालाब का पानी गँदला होने लगा था।

गाँववाले यह भाँप चुके थे कि नया पनडुब्बा भी कमज़र्फ निकल गया है। तालाब की दुर्दशा के मद्देनजर एक आपात बैठक बुलाई गई, जिसमें यह निश्चित हुआ कि तालाब को उसके हाल पर तो छोड़ा नहीं जा सकता- सो अब हमें कोई दूसरा उपाय निकालना चाहिए। अभी इसी बात पर चर्चा हो रही थी कि तभी भीड़ को चीरते हुए, एक नौजवान पनडुब्बा सामने आया और पंचों के

सामने नतमस्तक होकर ऊँचे सुर में बोला- "आप सभी बुद्धिमान हैं, आपने यह जान लिया है कि जो दो पनडुब्बे तालाब में उतरे थे- वे परले दर्जे के घटिया और नीच इंसान हैं। मगर आप लोगों को आदमी की परख नहीं है। आप ही की गलती से उन दोनों ने तालाब को नर्क बना रखा है। अब आप मुझे तालाब में उतरने दीजिये, फ़िर देखिये मैं कैसे इन दोनों की छुट्टी करता हूँ। अपने कार्यकाल में मैं तालाब को एकदम चमका दूंगा-तालाब में फिरसे दूध बहेगा। हमारा तालाब; भगवान विष्णु का क्षीरसागर बन जाएगा।"

ग्रामीण बेचारे दो दफ़ा गच्चा खा चुके थे, उन्हें पनडुब्बे की बातों पर शुबहा हुआ। लोगों ने कहा- "नहीं भाई, तुमसे पहले जो दो उतरे थे वो भी भलाई के मतलब से ही उतरे थे। और देखो! उन्होंने क्या कर डाला- अब तुम्हारी बातों पे हम कैसे आँख मूँदकर भरोसा कर लें? हम कैसे तुम्हें इजाज़त दे दें? आखिर हो तो तुम भी पनडुब्बे ही- कौन जाने कहीं तुम भी तालाब में उतरने के बाद, अपने असली रंग में आ जाओ?"

पनडुब्बा आँखें नम करके याचक स्वर में बोला- "आपने जैसे उन दोनों को मौका दिया है, एक मौका मुझे देकर देखिये। मैं सचमुच तालाब की तस्वीर बदल दूंगा।" इतना कहकर वो पनडुब्बा पंचों के चरणों में लोट गया। सब जन आपस में राय करने लगे- अलावा चारा भी क्या है, एक मौका इसको भी देकर देख लेते हैं।

शाम होने तक पूरे गाजे-बाजे के साथ, नया पनडुब्बा तालाब में प्रवेश कर गया। ग्रामीण कुछ देर तक उसकी जय-जयकार करते रहे, फ़िर अपने-अपने घर को रवाना हो गए। सूरज ढलने तक तीनों में नियमानुसार डील तय हो गई।

अब पहला पनडुब्बा पानी बेचता है, दूसरा अपने मवेशी नहलाता है और तीसरा, तीसरा पनडुब्बा तालाब की कचैटी माटी को शक्तिवर्धक लेप बतलाकर; शहर के धातु रोगियों को बेचता है।

इस तीन-तरफ़ा मार से तालाब टें बोल चुका है। अब वह तालाब,

तालाब न होकर एक दलदल बन चुका है। इस दलदल को साफ़ करने की क़सम लेकर आज भी कई धुरन्धर, गाहे-बगाहे इसमें उतरते रहते हैं। मगर जितने भी उतरते हैं वो सब इसमें गहरे उतरते चले जाते हैं, कोई बाहर लौटने नहीं पाता।

आखिरकार, गांववालों ने भी अब यही मान लिया है कि तालाब एक दलदल है और पनडुब्बे, अव्वल दर्जे के नीच और मौकापरस्त प्राणी होते हैं।

अब भी रह-रहकर कोई पनडुब्बा इसी दावे के साथ कि- "मैं इस दलदल को साफ़ करके ही दम लूंगा,"- दलदल में उतरता है, लेकिन ईश्वर साक्षी है कि यह दलदल आजतक साफ़ नहीं हुई। गांववालों को भी अब कोई ख़ास फ़र्क़ नहीं पड़ता-वे इसे ही तालाब की नियति मान चुके हैं।

समाप्त

ट्रेन टू गोरखपुर

भारत में ट्रेन का सफ़र करना चौथे आयाम की यात्रा करने जैसा है। एयर इण्डिया के बिजिनेस क्लास में सफर करके भी वो उमंग, वो उल्लास हर्गिज़ नहीं मिल सकता, जो एक रेलयात्रा में मिलता है। शाम के समय ट्रेन की विंडो सीट पर बैठकर जब आप पश्चिम दिशा में डूबते हुए शांत-स्थिर लाल गोले को देखते हैं, या फिर आँखें मूँदे अरिजीत के गाने सुनते हुए बड़ी तेजी से गाँव-के-गाँव अपने पीछे छोड़ते चले जाते हैं, तो यही सुखद एहसास आपकी यात्रा को मंगलमय बनाता है। ट्रेन हालाँकि कोई जादुई डिब्बा नहीं है, कि जिसमें एक तरफ़ से कोई निरक्षर चढ़े और दूसरी तरफ़ से ज्ञानी बनकर उतर जाये। लेकिन इस यात्रा के दौरान ही यात्री के व्यक्तित्व में कई छोटे-बड़े परिवर्तन होते रहते हैं। इसी सफ़र में आपके भीतर अध्यात्म से लेकर जीवन-दर्शन तक, और सौन्दर्यबोध से लेकर वैराग्य तक पनप सकता है। यह कुल इस बात पर निर्भर करता है कि आपकी सामने वाली सीट पर बैठा कौन है। अगर सामने की अपर बर्थ पर कोई जवान-खूबसूरत लड़की बैठी है, तो जाहिर है कि आपके मन में रोमांस के लावे फूटेंगे और आपको इमरान हाशमी सरीखे ख़याल आने लगेंगे। लेकिन अगर आपके ठीक सामने पोपले मुँह वाले कोई वयोवृद्ध व्यक्ति बैठे हों, तो फिर आपका मन वैरागी हो ही जायेगा। फिर

आप जीवन की क्षणभंगुरता पर मनन करने लग जाएंगे।

जीवनयात्रा पानी का बड़ा बुलबुला है, रेल-यात्रा छोटा।
यह सच है कि इस नश्वर संसार में हर चीज़ क्षणिक है। यही बात दोस्ती और दुश्मनी पर भी लागू होती है। ट्रेन की दोस्ती और दुश्मनी मगर, इस सार्वभौमिक सत्य का जीवंत उदाहरण हैं। ट्रेन में आप शॉर्ट टर्म दोस्त भी बना सकते हैं और शॉर्ट टर्म दुश्मन भी।
ट्रेन में हुई दोस्ती का समापन इस सूत्रवाक्य पर होता है-
"अच्छा भईया, फेर भेंट होई"(भद्रजनों के लिए हिंदी अनुवाद है, फ़िर मिलेंगे) लेकिन उनकी भेंट फ़िर कभी नहीं होती।
और दुश्मनी का समापन आमतौर पर इस वाक्य पर होता है।
"अच्छा सारे अगिला एस्टेशन पर बताव-तनी। (कि अगले स्टेशन पर बताता हूँ तुझे)
लेकिन वो फ़िर एक-दूसरे को कुछ नहीं बताते।
काम, क्रोध, क्षमा, ईर्ष्या, दया, घृणा और परोपकार आदि सभी मानवीय संवेदनाओं का अगर एकसाथ मज़ा लेना हो, तो एक बार भारतीय रेल को सेवा का अवसर ज़रूर देना चाहिए। मैं तो अक्सर देता रहता हूँ। अभी इस वक़्त भी दे रक्खा है। और जिस चाल से ट्रेन अभी चल रही है, ऐसा लगता है कि भारतीय रेल पूरी तबियत से मेरी सेवा कर रही है। मेरे सरनेम के नाते ड्राइवर को शायद यह शंका हुई होगी कि मैं भूतपूर्व रेलमंत्री का कोई रिश्तेदार लगता हूँ और इसलिये, वो इस अवसर को हाथ से जाने नहीं देना चाहता। मेरी समझ से भारतीय रेल अभी दो-चार दिनों तक मुझे इसी बोगी में बिठाकर मेरी विधिवत सेवा करेगी। मैं आज सुबह तड़के 5 बजे की इंटरसिटी से, वाराणसी जंक्शन से गोरखपुर आने के लिए निकला था। और आपको सूचित करते हुए अपार हर्ष हो रहा है कि ट्रेन अपने निर्धारित समय में अभी तक केवल आधा रास्ता तय कर पायी है। मेरी हालत फ़िलहाल उस दामाद जैसी हो गई है

जो शादी के बाद पहली बार ससुराल आता है। पहुना बिचारे बार-बार प्रस्थान करने के लिए उठते हैं, और हर बार उन्हें हाथ पकड़ कर बिठा लिया जाता है। आशा है कि मुझे यहाँ से जल्द ही विदा की अनुमति मिल जायेगी।

कहते हैं कि ज्ञान उम्र का मोहताज नहीं होता और छोटों से सीखने में कोई हिचक नहीं होनी चाहिये। ये बातें सिर्फ़ नैतिक शिक्षा की क़िताबों में नहीं होतीं। भारतीय रेल; इस पंक्ति का जीता-जागता उदाहरण है। गाँव-कस्बों में चलने वाली खटारा जीपों और डग्गामार बसों के पीछे एक लाइन अक्सर पढ़ने को मिलती है-'दुर्घटना से देर भली'। भारतीय रेल ने उदारता दिखाते हुए इसी एक लाइन को अपनी टैगलाइन बना लिया है, और मौके-मौके पर इसे चरितार्थ करती रहती है।

भारतीय परिवेश में कुछेक आदर्श वाक्य कहे-सुने जाते हैं। ये वाक्य महज़ बोलचाल की भाषा में इस्तेमाल होते हैं, और वास्तविकता से इनका कोई सरोकार नहीं होता। इन वाक्यांशो का उपयोग अमूमन मुहावरे और लोकोक्तियों के तौर पर होता है, जिनका कुल उद्देश्य महज़ आम जनमानस का जी बहलाना है। ऐसे कुछ वाक्य यहाँ अवलोकनार्थ दिये जा रहे हैं- *सरकारी बैंकों में लंच सिर्फ़ एक घन्टे का होता है। मिड डे मील में मिलने वाला आहार शुद्ध और पौष्टिक होता है। नेता स्वेच्छाचारी, निष्ठावान और कर्तव्यपरायण होते हैं। बीटेक के बाद लाइफ़ सेट है। प्राइवेट नौकरी भी अच्छी होती है। तथा राइटिंग में अच्छा पैसा है आदि।*

एक ऐसा ही आदर्श वाक्य ट्रेन की जनरल और स्लीपर बोगियों के बाहर लिखा जाता है।

'बैठने की व्यवस्था:-72 व्यक्ति'।

यह वाक्य दरअसल भारतीय रेलवे की स्थापना के प्रारंभिक दौर में लिखा गया था। देश में तब ट्रेनें चलना बस शुरू ही हुई थीं और इक्का-दुक्का लोग ही ट्रेनों में सफ़र करते थे। तब देश की इतनी आबादी नहीं थी तो रेलवे ने अपनी ट्रेन की बोगियों को इस ढंग से

विकसित किया था कि इसमें 72 व्यक्ति एकसाथ बैठ सकें। तत्कालीन आबादी के लिहाज से यह संख्या पर्याप्त थी। मगर तबसे लेकर आजतक चूँकि केवल देश की आबादी ही बढ़ी है,और बोगियों के डायमेंशन में कोई ख़ास तब्दीली नहीं हुई है तो यात्रियों के बढ़ते बोझ से निजात पाने के उद्देश्य से, रेलवे के प्रतिभावान इंजीनियरों ने एक ख़ास क़िस्म की एडजस्टेबल सीटें तैयार की हैं। वर्तमान समय में इन चमत्कारी सीटों को ट्रेनों में फ़िट करने का काम युद्धस्तर पर चल रहा है। इन जादुई सीटों की खासियत यह है कि इनके सामान्य प्रारूप में तो केवल 3 व्यक्ति ही बैठते हैं लेकिन जैसे ही कोई यात्री सीट के पास खड़ा होकर -"भाईसाहब! थोड़ा एडजस्ट करिये।" कहता है, तो ये सीटें तुरत फ़ैल जातीं हैं और याचक को पर्याप्त स्थान दे देतीं हैं। पूरी तरह खुलने के बाद इनमें 6 व्यक्ति एकसाथ बैठ सकते हैं। मेले व सहालग के दिनों में तथा गर्मी की छुट्टियों में यह आंकड़ा बढ़कर 7 या 8 भी पहुँच जाता है। इस तरह एक बोगी में असल में कितने लोग यात्रा कर रहे हैं, इसका ठीक-ठीक आँकड़ा रेलवे खुद नहीं बता पाती। लेकिन चूँकि इन सीटों को अभी पेटेंट नहीं कराया जा सका है, तो इस बात की पूरी आशंका है कि कहीं चीन और जापान वाले यह टेक्नोलॉजी उड़ा ना ले जायें। इसी प्रयोजन से रेलवे अपनी बोगियों पर अभीतक यही लिखती आ रही है- 'बैठने की व्यवस्थाः-72 व्यक्ति', जिससे दुश्मन देशों की ख़ुफ़िया एजेंसियों को चकमा दिया जा सके।

रेलवे की इतनी जादूगरी के बाद भी बड़ी संख्या में यात्री वेटिंग टिकट लेकर जबरिया ट्रेन में चढ़ते हैं और बैठे हुए यात्रियों की बगल में खड़े-खड़े खींसे निपोरते हैं। नहीं-नहीं। यह कोई रेलवे की निष्क्रियता नहीं, और ना ही ये लोग मजबूरी में खड़े हैं। दरअसल, इसके पीछे माजरा कुछ और है।

यह तो हम जानते हैं कि भारतीय रेलवे की बात ही निराली है। और इसकी हर एक बात वैज्ञानिकता की कसौटी पर खरी उतरती है। 'खड़े रहने से उम्र बढ़ती है'-वैज्ञानिकों ने इधर पता किया है,

रेलवे को बहुत पहले से पता था। काफ़ी देर तक खड़े रहने से न केवल बॉडी पॉस्चर सही रहता है बल्कि हाज़मा भी दुरुस्त रहता है। सो पिछली बोर्ड मीटिंग में रेलवे ने यह तय किया है कि वो ट्रेन में चढ़ने वाले सभी यात्रियों को दीर्घायु और स्वस्थ बनाकर छोड़ेंगे, और इसके लिए अलग से कोई चार्ज नहीं लिया जायेगा। यह सेवा पूर्णतया निशुल्क होगी, और इसका ख़र्च टिकट की कीमत में समाहित होगा।

इसी सदिच्छा से ट्रेन की एक बोगी में 72 बताकर 720 लोग ठेले जाते हैं। ट्रेनों के लेट होने के पीछे भी रेलवे का यही सोद्देश्य है कि आपको अधिकाधिक समय तक खड़ा रखके, अधिकतम लाभ पहुँचाया जा सके। ऐसे लोग जिन्हें खड़े रहने के फ़ायदे पता होते हैं, वे स्वदेशी मुद्रा में खड़े होकर इसका फ़ायदा उठा लेते हैं। मगर कुछ बमपिलाट, जिनके नसीब में यह लाभ नहीं लिखा होता- बोगी में घुसते ही सीट की तरफ़ ऐसे लपकते हैं मानो गठिया के जन्मजात रोगी हों, और जगह छेककर टाँग पसार देते हैं। ऐसे अज्ञानियों को क्या कहें। भारत की हतबुद्धि जनता पहले तो चिल्लाती है कि 'हमारा कल्याण करो-कल्याण करो!' और सरकार जब कल्याण करने पे उतारु हो जाती है तो इन्हें अपच होने लगती है, टट्टियाँ शुरू हो जातीं हैं, और फिर अगले चुनाव में ये लोग सरकार का ही कल्याण कर देते हैं। बस इसी वजह से हमारी सरकारें कल्याण करने से गुरेज़ करती हैं। ऐसी एहसानफरामोश जनता का कभी कल्याण नहीं हो सकता। अगर कहें कि कल्याणकारी योजनाओं से वंचित रह जाना ही इसकी नियति है, तो इसमें आश्चर्य क्या है।

मैं एस1 की सीट नम्बर 11 पर बैठा हूँ। फ़र्श पर यहाँ-वहाँ मूंगफली के छिलके बिखरे पड़े हैं। इस कुव्यवस्था के बीच, अलग-अलग पान मसालों के अनगिनत रंग-बिरंगे रैपर्स इधर-उधर सजा दिये गए हैं, ताकि देखने वाले को बोरियत न महसूस हो और टॉयलेट से आ रही सड़ाँध के बावजूद, सफ़र की

ताज़गी बराबर बनी रहे। मूंगफली के छिलकों के बीच से झाँकते लाल-पीले रैपर्स, गुदड़ी में लाल होने का आभास दे रहे हैं। यह कलात्मक पैटर्न, गोरखपुर की लगभग हर ट्रेन में दिख जाता है। यही पूर्वांचल की परंपरा है, पहचान है। भारतीय रेल में इधर काफ़ी बदलाव हुए हैं। नई ट्रेनें चलाई जा रहीं हैं। पटरियों का विस्तार हो रहा है। स्टेशनों का कायाकल्प किया जा रहा है। किसी स्थान विशेष की किसी नायाब चीज़ को, उस स्टेशन के प्लेटफॉर्म की दीवार पर उकेरा जाता है। गोरखपुर का वासी होने के नाते मेरा सुझाव है कि उपरोक्त पैटर्न से मिलती-जुलती हुई कोई कलाकृति, गोरखपुर स्टेशन पर बनाई जा सकती है। दीवार पर दस बाय बारह के एरिया को पहले सफ़ेद रंग से रँग दिया जाये। अब इस पूरे बैकग्राउंड पर पहले ख़ाकी रंग से गिरनार प्रजाति की मूँगफलियों के छिलके उकेरे जायें। अब इन्हीं मूँगफलियो के ऊपर यत्र-तत्र अलग-अलग पान मसालों के रैपर पेंट कर दिये जायें। मसालों का चयन करते समय उत्तर प्रदेश के विभिन्न क्षेत्रों को ध्यान में रखा जाना चाहिए। बुंदेलखंड, पश्चिमी उत्तर प्रदेश और पूर्वांचल में प्रचलित पान मसालों जैसे- पुकार, पान-बहार, दिलबाग, शुद्ध प्लस और कमला-पसंद इत्यादि का चित्रण करना बेहतर होगा। इस ढंग से समूचे उत्तर प्रदेश को समाविष्ट किया जा सकता है।

सीनरी को फिनिशिंग टच देने के लिए अगर दो-चार मानवीय आकृतियां भी खींच दी जायें तो क्या कहने!

-'अहा! क्या शानदार सीन होगा। ऊपर बायीं तरफ़ खड़ा एक आदमी, मौज में पान-मसाला चबाकर पच्च से थूक रहा है। लाल पीक की यह पिचकारी गोली की तरह छूटती है, और नीचे दाहिनी तरफ़ खड़े आदमी को आकर लाल सलाम कर देती है। इस अप्रत्याशित हमले से अचकचाकर नीचे खड़ा आदमी, पीक-वर्षा करने वाले को देखकर कुछ बड़बड़ाता है। उसकी बड़बड़हाट को दर्शाने के यहाँ गालियाँ लिखी जानी चाहियें- पर इसमें दो बड़ी अड़चनें हैं। एक तो यह कि उत्तर प्रदेश गालियों के मामले में एक

समृद्ध राज्य है-इसके हर क्षेत्र में गालियों के अलग-अलग सेट चलते हैं। किसी एक गाली को यहाँ स्थान दे देने से, दूसरे क्षेत्र के लोग नाराज़ हो सकते हैं; जिसका सीधा असर आगामी आम चुनावों में पड़ेगा। तो सरकार इससे परहेज़ ही करेगी। दूसरा यह कि मौजूदा केंद्र सरकार अभी हिंदी को अंतरराष्ट्रीय मंचों पर प्रचारित-प्रसारित करने के लिये बड़े प्रयास कर रही है, ऐसे मौके पर हम इन गालियों को छोटे-मोटे प्लेटफार्मों पर जाया नहीं कर सकते। उच्च कोटि की इन निम्नस्तरीय गालियों का प्रयोग *सार्क* या *जी-समिट* बैठक जैसे किसी बड़े प्लेटफ़ॉर्म पर आसानी से किया जा सकता है। इसके उलट पीड़ित आदमी के मुँह से अंग्रेजी में 'फ़क यू' भी कहलवाया जा सकता था, लेकिन यहाँ समस्या है कि अंग्रेजी को प्रदेशवासियों ने केवल अंग्रेजी किताबों तथा अंग्रेजी मीडियम के स्कूलों तक सीमित कर रखा है। इसके अलावा उत्तर प्रदेश की आधिकारिक भाषा भी हिंदी और उर्दू हैं। तो कुल नफ़े-नुकसान पर विचार करने के बाद यह तय होगा कि उक्त व्यक्ति के मुँह से 'भो! श्रीमान' कहलवा दिया जाये। लीजिये! हमारी सीनरी बनकर तैयार हुई। हमारी माटी के विविध रंगों से सजी यह प्रदर्शनी इस महान भूखंड के वासियों के स्टेटस-सिंबल का प्रतीक होगी। पूर्वांचल की धरती से अगर कोई सांसद महोदय रेल मंत्रालय में यह प्रस्ताव भेजें तो अगले सत्र में इसपर विचार किया जा सकता है।

सामने की विंडो सीट पर एक सज्जन बैठे हैं। इनके हाथ में कोई अंग्रेज़ी नॉवेल है, जिसका कवर लाल रंग का है। मुझे पुरुषों में तो कोई ख़ास दिलचस्पी नहीं मगर उस किताब में है। किताब का टाइटल मैं आपके लिए पढ़े देता हूँ-'द सटल आर्ट ऑफ नॉट गिविंग आ फ़क।' फ़क हालाँकि खुले तौर पर नहीं लिखा, यू की जगह पर पिचकारी मार दी गई है। लेकिन यह कारीगरी, शब्द को छिपाने की बजाय और उघारे दे रही है। ठीक वैसे ही जैसे कोने की किसी दीवार पर लिखा होता है-"यहाँ पेशाब न करें" और लोग अदबदाकर ठीक उसी वाक्य के नीचे धार खोल देते हैं। यों अंग्रेजी

उपन्यास पढ़ना कोई अनोखी बात नहीं, लेकिन ट्रेन के चालू डिब्बे में अगर अंग्रेजी उपन्यास दिख जाये तो हैरत तो होती है।

मेरे एक मित्र जो सामाजिक मामलों के अच्छे जानकार हैं, वो कहा करते हैं कि ट्रेन में अंग्रेज़ी उपन्यास पढ़ने का असल मक़सद, ज्ञान का अर्जन करना नहीं बल्कि ज्ञान का प्रदर्शन करना होता है।

ट्रेन अभी-अभी लार से छूटी है और अब रफ्तार पकड़ रही है।

लार स्टेशन से नई उम्र के दस-पन्द्रह लड़के चढ़े थे, वे अब ऊपर की सीटों पर अपने कूल्हे टिकाकर विराजमान हो गए हैं। ये लोग शायद आर्मी या पुलिस की भर्ती के लिए जा रहे हैं। व्यवस्थित होने की मंशा से अपने-अपने जूते निकालकर इन्होंने पंखों के ऊपर सजा दिये हैं,और अब पालथी मारकर बैठ चुके हैं। पंखों के ऊपर सजाये गए धूल-धूसरित जूतों से धूल झर रही है। यह धूल पंखे के ब्लेडों से टकराकर फ़िर पूरे कंपार्टमेंट में फ़ैल जाती है। लड़कों ने यह इतनी मेहनत कुल इसलिये की है ताकि देश की माटी नीचे बैठे सभी लोगों के माथे पर सुशोभित हो, और हम सबके अंदर देशभक्ति का नया जज़्बा पैदा करदे। अतः सभी यात्रियों ने थोड़ी-बहुत असुविधा के बाद माटी के इन लालों की चरणरज को शिरोधार्य कर लिया है। अपने उद्देश्य की पूर्ति होती देखकर भी लड़कों के चेहरे पर अभिमान का कोई निशान नहीं है। लोकसेवा की यही भावना आगे चलकर सच्चे लोकसेवकों का निर्माण करेगी।

पानी की बोतलें बेचने वाले दो-तीन लड़के, बोतलों से ठसाठस बाल्टी लेकर चलती ट्रेन में चढ़ आये हैं। केवल बोतलबंद पानी का पान करने वाले हाइजीनिक यात्रियों को अब बिसलरी के नाम पर 'बिलसेरी', 'बिसलारी' और 'बिसिलारी' पिलाया जायेगा। ऐसे ही कुछ चमत्कारी वर्ज़न, एक्वाफिना के भी उपलब्ध हैं। चूँकि ये कंपनियां अभी नई-नई स्थापित हुईं हैं और इनके नाम किन्हीं नामी-गिरामी कंपनियों से मिलते हैं, यही कारण है कि लोग इन्हें

बड़ी हेय दृष्टि से देखते हैं तथा फ़र्ज़ी, नकली, डुप्लीकेट, नक्काल और चोट्टा जैसे नामों से सम्बोधित करके ज़लील करते हैं। लेकिन सच्चाई यह है कि ये कंपनियां किसी बड़े ब्रांड के मुकाबले न केवल सस्ती और सुलभ हैं बल्कि यही कम्पनियाँ असली मेडिकेटेड वॉटर बेचती हैं।

वैज्ञानिक अब यह प्रमाणित कर चुके हैं कि आरओ का पानी शरीर में मौजूद बैड बैक्टीरिया के साथ-साथ, गुड बैक्टीरिया को भी ख़त्म कर देता है और केमिकल युक्त पानी, शरीर को फ़ायदा कम नुकसान अधिक पहुँचाता है। जबकि इन उदीयमान कंपनियों का बोतलबंद पानी, जिनमें काई-कचरा और आर्सेनिक जैसे आला तत्वों का सम्मिश्रण होता है, यह हमारे लिए कहीं अधिक गुणकारी है। जैसे किसी वायरस के प्रकोप से बचाने के लिए डॉक्टर उस वायरस की एक छोटी राशि, टीके के जरिये शरीर में प्रविष्ट करा देते हैं, ठीक वैसे ही इस विलक्षण पेय की दो बूँदें अंदर जाते ही हमारा बदन फ़ौलाद बन जाता है। इसके प्रभाव से न केवल उल्टी-दस्त वा आँव-मल-पेचिश जैसी मामूली बीमारियों का असर जाता रहता है बल्कि यह हमारे प्रतिरक्षा तंत्र को, कैंसर और कोलाइटिस जैसी बड़ी बीमारियों के हमले के लिये तैयार भी करता है। इस पानी के नियमित सेवन से शहर के जाने-माने डॉक्टरों से प्रगाढ़ सम्बंध बन जाते हैं और महंगे-होटेलनुमा अस्पतालों में आने-जाने का सुअवसर प्राप्त होता है।

मगर यह देश का दुर्भाग्य है कि बड़े नामों की परछाई में ये छोटे और क्रियाशील उद्यम दबे जा रहे हैं। यही कारण है कि एसिड के गुणों से भरपूर यह औषधीय जल रेलवे की नज़रों में उपेक्षित है, और रेलवे स्टेशन के स्टॉलों पर नहीं बिकता। केंद्र सरकार को न केवल आत्मनिर्भर भारत योजना के तहत इन कंपनियों को प्रोत्साहित करना चाहिए, बल्कि सरकार को हस्तक्षेप करके यह सुनिश्चित भी करना चाहिए कि रेलवेज़ और एमएसएमई मिनिस्ट्री एकसाथ आकर इन स्टार्टअप्स के उन्नयन की पहल करें। आशा है कि सरकार ने इधर 'लोकल फ़ॉर वोकल' का जो

अभियान शुरू किया है, उससे भी इन देसी जुगाड़ू कंपनियों को फ़ायदा पहुँचेगा।

-"देयो बाबू!"

अपने बोझिल शरीर को, हाथों के सहारे घसीटता हुआ एक मरियल बूढ़ा, अभी-अभी कंपार्टमेंट में दाख़िल हुआ है। बढ़े हुए खिचड़ी बाल हैं। थकी-थकी सी आँखें, जो आँखों की जगह बने कोटरों में धँस गयीं हैं। देह का निचला हिस्सा काम नहीं कर रहा, और बेकार माँस-पिंड की तरह फ़र्श पर घिसट रहा है।

-"अंधे लाचार को दुई रुपिया देई दो बाबू।"

कर्कश लेकिन कातर आवाज़। आवाज़ गूँजती है।

-"बेसहारा हों बच्चा, कहां जैहौं।

दया करो बबुआ, किरिपा करो भईया।"

दो रुपये में यह बूढ़ा दुआएं बेच रहा है। चंद सिक्कों में लाखों की दुआएं। वो अपने हर शब्द को शहद में घोलकर परोस रहा है, ताकि भीख मिलने की गुंजाइश बढ़ जाए।।

कंपार्टमेंट के सभी यात्रियों को एक बार आशा भरी नजरों से देखकर, पेट की मजबूरीवश उसने बूढ़े-काँपते हाथ फ़ैला दिये हैं। भिखमंगे ने बदन के ऊपरी हिस्से को ढँकने के लिये एक चिथड़ा डाल रखा है। इसे हम कुर्ता या कमीज़, कुछ भी कह सकते हैं। हाथ उठा देने से अब उसकी पसलियाँ नुमायां हो गई हैं। जिस किसी के मन में दया उपजेगी, उसका हाथ अपनी पॉकेट में खुद ब खुद चला जायेगा।

-"उहूँ।"

सवारियों ने मारे घिन्न के मुँह फेर लिया है। ऐसे चोंचलों पर अपनी कमाई नहीं लुटाया करते।। या फ़िर संभव है कि भिखारी-उन्मूलन की भावना ही इसके मूल में निहित हो। ऊंची सोच वाले संभ्रांत लोग, ऐसे ही जेनरल डिब्बों में; सादे लिबास में सादगी भरा सफर किया करते हैं। हम-आप क्या जानें।

विंडो साइड में जो एक सज्जन सूट-बूट पहने बैठे हैं,आंखों पे सुर्ख लाल डंडियों वाला काला चश्मा चढ़ाये, उन्होंने अलबता अपनी

जेब से ₹2 का एक सिक्का निकालके बढ़ा दिया। इस महादान के बाद उन्होंने महाराज कर्ण की मुद्रा में अपने चारों तरफ़ देखा, लेकिन कोई प्रशंसक न पाकर; मन मसोसकर रह गये।

बुढ़ऊ को जो मिलना था, जितना मिलना था मिल चुका। फिर भी, दिल की तसल्ली के लिए वो फिर एक नज़र भरके अपने चारों तरफ़ देखता है। हम दोनों की नज़रें टकरातीं इससे पहले ही मैं बाहर देखने लगा। बूढ़ा पूरे कंपार्टमेंट को असीसता हुआ, अगले डिब्बे में सरक गया। मुझे भी हल्का होना है। मैं भी इसके पीछे हो लेता हूँ।

यदि भारत का निवर्तमान चरित्र देखना हो, तो किसी पब्लिक बाथरुम में चले जाइये। यक़ीन मानिये, दिल बाग़-बाग़ हो जायेगा। और कहीं सौभाग्य से आप जो किसी ट्रेन के टॉयलेट में घुस गए, तब तो आप बाहर निकलने का विचार ही त्याग देंगे। अंदरखाने का माहौल इतना रमणीक है कि बहुत संभव है कि आप, वहीं कमोड पर धुनि रमाकर बैठ जायें। टॉयलेट का दरवाज़ा लगाते ही एक जानी-पहचानी एसिडिक दुर्गंध आपके ब्रहमरंध्र पर कब्ज़ा कर लेती है। इसके बाद जिस पहली चीज़ पर आपकी नजर पड़ेगी; वो एक विज्ञापन है- और विज्ञापन भी कोई ऐसा-वैसा नहीं। जरा इसका मज़मून पढ़ लीजिये। 'कॉलेज गर्ल्स और हाउसवाइफ से मीटिंग करके पचास हजार रुपये तक कमायें।' इस लाइन से लगाकर खुले बालों वाली एक सुंदरी की फ़ोटो भी छाप दी गई है, जो बड़ी मादक नज़रों से द्रष्टा को देखती है।

विज्ञापन यों देखने में तो बड़ा दिलचस्प है, मगर मेरी समझ से इसमें एक स्पेलिंग मिस्टेक है। मीटिंग की जगह यहाँ 'मेटिंग' होना चाहिये था। वैसे मीटिंग में भी कुछ ख़राबी नहीं है। मीटिंग बल्कि, कहीं अधिक कल्याणकारी तरीका है। हीरोइनें प्रोड्यूसरों-डायरेक्टरों से मीटिंग करके धड़ाधड़ फिल्में निकाले दे रहीं हैं। बड़े-बड़े देशों के लीडर्स वैश्विक मंच पर मीटिंग कर-करके अरबों डॉलर की डील साइन कर ले रहे हैं। यूएन के प्रतिनिधि केवल मीटिंग पे मीटिंग बुलाकर ही जलवायु परिवर्तन और

शरणार्थी कल्याण जैसी वैश्विक समस्यओं का निस्तारण कर दे रहे हैं। अरे भई जिस महान देश के महान राज्य के महान मुख्यमंत्री, धड़ाधड़ मीटिंग्स करके शिक्षा; स्वास्थ्य, बलात्कार और जनसंख्या विस्फोट से जुड़ी गम्भीर समस्याओं का निपटारा कर देते हों, उस देश का युवा अगर मीटिंग मात्र से ही पचीस-पचास हज़ार रुपये महीना कमा ले तो हर्ज़ क्या है। देश में नौकरियों का टोटा है। कितने ही पढ़े-लिखे लोग बेरोजगार घूम रहे हैं। ऐसे आपद्काल में केवल मिल लेने भर से अगर अर्थ की संतुष्टि हो जाती है, तो सरकार को फ़ौरन मीटिंग्स के लिए एक राष्ट्रीय योजना का ख़ाका तैयार करने की तैयारी शुरू कर देनी चाहिए।

बहरहाल, आइये एक बार समूचे टॉयलेट का मुआयना कर लेते हैं। सामने की तरफ़ लगे आईने के बगल में, पेन से एक नंबर लिखा है। मैं इसे हेल्पलाइन नंबर समझकर मिलाने वाला था-ताकि बेसिन के चोक हो जाने की शिकायत कर सकूँ। लेकिन ग़नीमत हुई कि मेरी नज़र पड़ गई। नंबर के ठीक ऊपर किसी देवी जी का नाम लिखा है और उसके ऊपर लिखा है-'फ़ूल नैट मसती के लिये कोल करें।' यह भी कोई विज्ञापन ही लगता है। तो इसकी विवेचना करने का कोई फ़ायदा नहीं है। हालाँकि विज्ञापन की भाषा पर बहस की जा सकती है। इसे देखकर हम समझ सकते हैं कि यूपी बोर्ड के पचास प्रतिशत विद्यार्थी आख़िर बोर्ड परीक्षाओं में हिंदी में फ़ेल क्यों हो जा रहे हैं। मुझे उम्मीद है कि राज्य के शिक्षा मंत्री किसी दिन; ट्रेन के जनरल डिब्बे में यात्रा करेंगे।

एक और नंबर शीशे के ऊपर लिखा है। लड़की का नाम गुप्त रख सकता हूँ। पर नाम के आगे लिखने वाले ने उसका सरनेम भी लिख दिया है। नहीं-नहीं। सॉरी। सरनेम नहीं है-मेरे ख़याल से, भारत में कोई सरनेम 'मादर...' से तो शुरू नहीं होता। ये बेवफ़ाई का केस लगता है। वही छोटे शहरों की घिसी-पिटी सी लवस्टोरी। लड़के का दिल टूटा होगा-उसने छककर बियर पी होगी और

कलेजे की खुजली मिटाने के लिए ट्रेन के टॉयलेट में घुसके लिख डाला। पट जाती है तो पेड़ों के तने पर लिखते हैं, नहीं पटती तो टॉयलेट की दीवारों पर लिख देते हैं। और जो इनमें से कहीं नहीं लिखते वो ससुरे जाकर फ़ेसबुक पर लिखने लगते हैं। साला यूपी का युवा तो पैदाइशी लेखक होता है। इसी स्थिति से बचने के लिए बिहार में शराबबंदी की गई है। नशे के प्रभाव में, लौंडे बेवफ़ा और वेश्या में फ़र्क़ नहीं कर पाते। दो महीने पहले तक प्रेमिका की जिस माँ को अपनी माँ बताते घूमते हैं, ब्रेकअप होते ही ट्रेन के टॉयलेट की दीवारों पर उसी माँ को लक्ष्य करके अपनी अद्भुत लेखनी का प्रदर्शन करने लगते हैं। यूपी सरकार को भी नशामुक्ति अभियान में तेजी लानी होगी।

अब आईने की दायीं तरफ़ देखिये- यह भी हालाँकि एक विज्ञापन ही है। लेकिन इसका मज़मून बहुत रोचक है। और मेरी समझ से समाज के एक बड़े वर्ग के लिए फायदेमंद हो सकता है। इसलिये पढ़ रहा हूँ। 'असमय बाल झड़ने, पकने और गंजेपन की समस्या से शर्तिया छुटकारा पायें। दवा से लाभ न होने पर पूरे पैसे वापस।' यह सचमुच बड़े काम की चीज़ है। ख़ासकर, बाल झड़ने की समस्या से तो आम हो चली है। नौजवानों का एक बड़ा वर्ग, अर्ली थर्टीज़ यानी इक्कीस से तीस साल की उम्र में बाल झड़ने की शिकायत कर रहा है। मैं खुद इसी समस्या का शिकार हूँ। और यक़ीन मानिये- पुरुषों में प्रीमैच्योर हेयरफ़ाल, *प्रीमैच्योर इजैक्युलेशन* से भी कहीं ज्यादा शर्मनाक होता है।

शीट पर बैठते ही सामने एक और पोस्टर नज़र आता है। छोटा पोस्टर है, सफ़ेद रंग का। ऊपर बड़े-बड़े लाल अक्षरों में लिखा है-बवासीर का शर्तिया इलाज। नीचे लिखा है-'एक टीके में जड़ से खतम।' कौन खतम, मर्ज़ या मरीज़? इस बात का कहीं कोई ज़िक्र नहीं है। हेडलाइन के बगल से खून की दो मोटी-मोटी बूंदें चू रहीं हैं। ये खून कहाँ से रिस रहा है, बताने की ज़रूरत नहीं। पोस्टर हालाँकि बड़ी सटीक जगह पर लगाया गया है। टॉयलेट शीट के पास स्टील का एक मग्गा रखा है। लेकिन दुःख की बात यह है कि

रेलवे के किसी बदमाश कर्मचारी ने मग्गे को चेन से बाँध दिया है। यह निहायत बेहयाई का काम है। एक तरफ़ तो रेलवे अपने यात्रियों में यह आस जगाती है कि रेलवे, उनकी अपनी संपत्ति है। लेकिन अगर ऐसा है तो फिर एक अदने से मग को चेन से बाँधने का औचित्य क्या है। ट्रेन अगर हमारी अपनी संपत्ति है, तो हमें इसमें से अपना हिस्सा लेने का पूरा अधिकार है। मैंने इसके खिलाफ एक लेटर लिखकर चलती ट्रेन से उड़ा दिया है।

बाथरूम से फ़ारिग होकर अब आकर यथास्थान बैठ गया हूँ, और बगल में बैठे बुढ़ऊ को ठेल-ठालके यथास्थिति भी क़ायम कर ली है। ट्रेन अभी रुकी हुई है। बताने वाले बताते हैं कि गोरखपुर स्टेशन का आउटर है। आगे गोरखपुर जंक्शन पर कोई प्लेटफ़ॉर्म खाली मिलने के बाद ही इसे हरी झंडी दिखाई जायेगी। अब इसमें कितना वक़्त लगेगा, ये सिर्फ़ खुदा जानता है। तबतक हमें इसी ट्रेन में विचरण करना होगा। इस कंपार्टमेंट में कुछ ख़ास बचा नहीं है अब। आइये अगल-बगल झाँक कर देखते हैं। आगे वाले कम्पार्टमेंट में एक नवविवाहिता अपने बच्चे के साथ सफ़र कर रही है। बच्चा छोटा है अभी-मुश्किल से दो या तीन साल का होगा। लड़की फ़िलहाल बच्चे को पढ़ना सिखा रही है। इंग्लिश अल्फाबेट की क्लास चल रही है। बच्चा बार-बार गलतियाँ कर रहा है। बीच-बीच में क्लास रोककर, अचानक वो उँगली से बाहर की तरफ़ इशारा कर देती है। बच्चा उछलकर देखता है- "सी! काउ-ऊ। लुक देयर, डॉगी। भौं-भौं-भौं।" भारतीय माताओं को इस बात का अहसास है कि अगर वो बच्चे को, गऊ को काऊ; कुत्ते को डॉगी और बिल्ली को पुसी कैट कहना नहीं सिखाएंगी, तो पूरी संभावना है कि उनका बच्चा मानुष न बनकर, वनमानुष बन जायेगा।

अबकी क्या दिखा- ओह! मोर है। इस बार मैडम ने कहा पिकॉक और मेरी तरफ़ देखकर, संकोची भाव से पियू-पियू की आवाज़ भी निकाल दी। मैं भी मुस्कुरा उठता हूँ।

ओहो! वाह भई। लीजिये इंतज़ार ख़त्म हुआ। आ गया हमारा

गोरखपुर जंक्शन। ट्रेन की रफ़्तार धीमी हो रही है। खिड़की के बाहर देखने से विश्व का सबसे लंबा प्लेटफॉर्म दिखने लगा है। पैसेंजर्स अपने सामान बाँधने लग गये हैं। कोई ऊँघ रहा है। नीचे उतरने वालों की कतार बँध गयी है।

अनाउंसमेंट वाली लेडी की खनकती हुई आवाज़ कानों से टकराई-"मे आय हैव योर अटेंशन प्लीज़!"

अहा! वाह-वाह। दिल मचल गया।

'फुर्र-फू। फों।'

अरे-रे! ये कौन फूँक रहा माइक में।

-"यात्रीगण कृपया ध्यान दें...

मोटी-भद्दी सी मर्दाना टोन। अशुद्ध भाषा-अस्पष्ट उच्चारण। ऐसा लग रहा जैसे किसी ने स्वर्ग की सैर कराके लाकर नर्क में पटक दिया हो।

चलिये। एक सफ़र पूरा हुआ। अब निकलेंगे किसी दूसरे सफ़र पर। फिर किसी रोज़। तबतक के लिये-सलाम नमस्ते।

समाप्त

सोसायटी

"**नो** मम्मा। अभी तो बहुत कुछ करना है मुझे। अभी बोहोत आगे जाना है आपकी परी को, बहोत आगे। आप मुझे बार-बार शादी-ब्याह के चक्कर में क्यों फँसाना चाहती हैं? मैंने कह दिया न, अभी नहीं कर सकती मैं शादी।"

माँ-बेटी की बातचीत का काँटा, इसी एक बात पर आकर अटक गया था, हमेशा की तरह। माँ को यह चिंता की बेटी अबकी दिसम्बर में 31 की हो जाएगी, और शगुन को इसी बात की झुंझलाहट की माँ के पास कभी कोई दूसरी बात क्यों नहीं होती है।

शगुन अपने माँ-बाप की इकलौती लड़की है। पिता एक प्राइवेट फ़र्म में काम करते हैं और माँ गृहिणी हैं। यह सच है कि समय से आगे निकलने की होड़ में बेटियाँ, समय से बहुत पहले बड़ी हो जाया करतीं हैं। एक वो दिन था कि बच्चों की टोली की सिरमौर बनी शगुन, मोहल्ले भर में अपनी गुड़िया का ब्याह रचाती फ़िरती थी, और यह आज का दिन है कि शगुन अब अपने इस छोटे से उजाड़ क़स्बे से 4-5 घण्टे की दूरी पर, शहर की एक बड़ी कंपनी में प्रोजेक्ट मैनेजर के पद पर कार्यरत है। आंखें बंद करो तो लगता जैसे कल की ही बात हो। और आंखें खोलने पर दिखती है यह बेफिक्र-बेबाक लड़की। ज़िद्दी तो नहीं है स्वभाव से, पर शादी के नाम से जाने क्या चिढ़ है इसे। घर और ऑफ़िस के बीच संतुलन बनाने की जद्दोजहद में, यूँ तो शगुन काफ़ी व्यस्त ही रहती थी, पर आज संडे है। छुट्टी के दिन शगुन लेट सोकर उठने की आदी

है। छुट्टी के दिनों में माँ की कॉल ही उसका अलार्म बनकर बजती है। हमेशा की तरह आज भी माँ के फ़ोन से ही उसकी नींद खुली थी, और हर बार की तरह इस बार भी माँ ने फ़िर वही राग अलापना शुरू कर दिया था।

माँ के पास अपने वही कुछ घिसे-पिटे तर्क होते थे, जिनका शगुन हमेशा एक सा ही जवाब देती थी। माँ को पता था आज भी यही होने वाला है, बावजूद इसके उन्होंने फ़िरसे वही बात छेड़ दी। वो खूब समझतीं हैं उसकी ज़िम्मेदारियों को, उसके सपनों को- पर फ़िर भी, ज़िंदगी का एक हिस्सा है विवाह, एक संस्कार है। इसी विधान की धुरी पर, वो हर रोज़ चक्कर काटती रहतीं हैं अपनी बेटी के। उन्हें पूरा भरोसा है अपने आप पर, और अपनी लाडली पर भी कि एक न एक दिन तो बेटी मान ही जाएगी।

"बेटा! आख़िर समाज भी तो कोई चीज़ होती है न, क्या कहेंगे लोग, कि बात क्या है बेटी की शादी नहीं हो रही। आज सुबह ही राधा आंटी पूछ रही थीं, कि शगुन की शादी कब कर रही हो। अब बताओ तुम्हीं, एक तुम्हारे कहने से मैं किस-किस का मुँह दबाती चलूँ?"

-"अरे यार। फ़िर वही बात। कहने दो ना, कहने दो उनको। कहने दो जिसको जो कहना है। ये आपका समाज है, आप ही सँभालो। और मम्मा तुम ज़रा ये बताओ कि ये समाज आख़िर होता कौन है, मेरी लाइफ़ के डिसीज़न लेने वाला? मुझे तो यही समझ नहीं आता मम्मा कि समाज की ज़रूरत किसे है? हमारी ज़िंदगी में करता क्या है ये समाज। समाज-समाज-समाज। हाउ दी हेल इज़ इट यूज़फुल?"

मम्मी वैसे तो हाईस्कूल पास थीं, पर शगुन ने ज़ोर देकर अंग्रेज़ी के जिस अन्तिम वाक्य पर अपनी बात ख़त्म की थी, उसे वो ठीक से समझ ना सकीं। हालाँकि उसके बोलने के लहज़े से माँ को इतना पता चल गया था कि नई पीढ़ी की नज़रों में समाज जैसी वाहियात चीज़ की कोई एहमियत नहीं होती। ये नए बच्चे; समाज का बोझ अपने कंधों पर नहीं ढोना चाहते।

बातचीत के दौरान शगुन ने चिप्स का एक पैकेट खोल लिया था। माँ अपने बचाव में फ़िर कोई दलील देने वाली थीं, शगुन ने भी अपने हथियार तैयार कर रखे थे कि अचानक फ़ोन पर, माँ बड़े ज़ोरों से चीख पड़ीं।

"मम्मा -मम्मा! क्या हो गया? मम्मी बोलो न प्लीज़। क्या हुआ वहाँ? आप ठीक तो हो न, पापा कहाँ हैं? हैलो!"

-"हैलो, हैलो शगुन!

माँ की आवाज़ बहुत धीमी आ रही थी-बहुत दूर से।

"शगुन पापा को अटैक, शायद अटैक आया है। हे भगवान, गिर पड़े हैं नीचे। बेटा मेरी कुछ समझ नहीं आ रहा, आह।

माँ के कंठ से बस यही दो-चार शब्द फ़ूट सके, फिर फ़ोन पर सिसकियाँ सुनायी देने लग गयीं।

-"क्या....?

शगुन की आत्मा काँप उठी। धड़कनें तेज़ हो गयीं। हाथ से फ़ोन छूटते-छूटते बचा।

-"पापा-पापा को अटैक आ गया मम्मा? ये क्या, ये कैसे हो गया मम्मी। मम्मी, आप बिल्कुल टेंशन मत लो, मैं-मैं आ रही हूँ। मैं आ रही हूँ घर। आप एम्बुलेंस को कॉल करो जल्दी। वो आके पापा को ले जाएंगे। ठीक है न?"

-"हाँ-हाँ। मैं कर रही हूँ। फ़ोन रख। पर सुन, हैलो! शगुन तू कुछ भी कर के चली आ जल्दी, शगुन तू बेटा जल्दी चली आ। मैं...मुझे...कुछ-समझ नहीं आ रहा, भगवान जाने ये क्या हो गया इनको।"

माँ की आधी बातें हवा में उड़ गईं थीं।

-"हाँ मम्मा। मैं-मैं आ रही हूं। मैं तुरंत आ रही हूँ। आप बस, आप हिम्मत रक्खो मम्मा। प्लीज़!"

शगुन बोले पड़ी थी और कॉल उधर से कट चुकी थी।

ट्रेन अपनी रफ़्तार से चलती है, मन अपनी रफ़्तार से। शगुन के मन में चिंताओं के बवंडर उठ रहे हैं। वो कितना चाहती है कि उड़कर झट से अपने घर पहुंच जाए। मगर ट्रेन की गति सीमित

है- और ट्रेन को भावनाएं नहीं होतीं।

उसका नौजवान दिल, जो बड़े से बड़े पहाड़ से टकराने की भी हिम्मत रखता है, अभी जोर-जोर से धड़क रहा है। आंसू ज़ार-ज़ार गिर रहे हैं। बेसुध सी धँसी हुई है वो अपनी सीट में अभी। फ़ोन की स्क्रीन पर पापा की फ़ोटो है। मुस्कुरा रहे हैं पापा, और वो अभी बस यही चेहरा देखना चाहती है अपने पिता का। लेकिन नज़रों के सामने, खिड़की से बाहर, सामने स्विचबोर्ड पर- हर तरफ़ उसे पापा का मास्क लगा निस्तेज चेहरा दिखलाई पड़ रहा है। वो अभी जी भरके रो लेगी, ताकि माँ के सामने हिम्मत दिखा सके। एक घर की कुशल गृहिणी को, एक सीधे-सादे पुरूष की संकोची पत्नी को, और एक मासूम माँ को- ढाँढस बंधा सके।

बोगी में बैठे पैसेंजर्स उसे कौतुक भरी निगाहों से देख रहे हैं। ख़ासकर 26-27 साल का एक युवक, जो उसके सामने पैसेज के ठीक बगल वाली सीट पर बैठा है। दोनों बिल्कुल आमने-सामने हैं। लड़के की नज़रें शगुन पर बराबर बनी हुई हैं।

सफ़र में अगर कोई हमउम्र लड़की हमसफ़र बन जाए तो सफ़र सुहावना बन जाता है। ऐसे मौके पर लड़के अपनी मंज़िल को भूलकर, सफ़र के मज़े लेने लगते हैं। इस सफ़र में यों लड़की तो है पर अभी वो रो रही है। आँसुओं से गाल तर-बतर हैं। बाल बिखरे हुए हैं। लड़के की दिली इच्छा है कि आगे बढ़कर उसका हाथ थाम ले और बड़े प्यार से उसके सिर पर हाथ रखकर- उसके आँसुओं का सबब पूछे। लेकिन बातचीत को शुरू करने के लिये उसके पास पर्याप्त शब्द नहीं हैं। ऐसे मौकों पर बोलने को बहुत कुछ होता ही नहीं है। मन मसोसकर इस ख़्याल को उसने ट्रेन की खिड़की से उड़ा दिया। वैसे भी, रोते हुए के साथ रोना कौन चाहता है।

शगुन अपनी सुधबुध खो चुकी है। बाहर क्या हो रहा है, इसकी उसे कोई ख़बर नहीं है। उसके अंदर कुछ टूट रहा है, कुछ रिस रहा है। अभी के अभी अगर भूकंप आ जाए, या ट्रेन पर बिजली गिर पड़े या फ़िर, या फ़िर ट्रेन अगर जो पटरी से उतर भी पड़े तो भी उसे रत्ती भर फ़र्क़ नहीं पड़ेगा। कौन देख रहा है, कौन बोल रहा है-

शगुन को इसका कुछ भान नहीं है। शगुन के मन में तरह-तरह के अपशकुन आ रहे हैं। दिमाग़ में कैसी-कैसी आशंकाएं उमड़-घुमड़ के आ रही हैं। शगुन रोती जा रही है- ट्रेन दौड़ती जा रही है।

स्टेशन से बाहर निकलते ही शगुन ने लाइफ़ केयर हॉस्पिटल के लिए ऑटो कर लिया। ट्रेन में आए माँ के फ़ोन से शगुन को मालूम हुआ था कि पापा लाइफ़ केयर हॉस्पिटल में हैं-और हालांकि अभी बेहोश हैं, पर ठीक हैं। स्टेशन से हॉस्पिटल की दूरी पांच मिनट की है, पर दिन का समय होने से जाम लगा हुआ है। ऑटो वाला किनारे से काटकर निकालने की जुगत में था, इसी बीच शगुन ने कुछ ऐसा देख लिया कि उसका दिल बैठ गया। किसी की शवयात्रा निकली है। लाल रंग में लिपटा कोई बुजुर्ग है,अपनी मंज़िल तक जा रहा है। यह एक सामान्य घटना है, और किसी दूसरे दिन अगर शगुन ने इसे देखा होता तो वो मुँह फेरकर निकल जाती। मगर आज यह शव देखकर उसे मन में अपनापन जग गया है। शगुन अंदर तक काँप उठी। कन्धा देने वालों में से एक लड़का; फूट-फूट कर रो रहा है। शगुन को जाने उससे क्या हमदर्दी उठी कि यह जानते हुए भी कि पापा अच्छे हैं, वो भी फ़फ़क कर रोने लगी। उसकी घुटी हुई सिसकियों ने बाहर निकलने का रास्ता आख़िर ढूँढ़ ही लिया। ऑटोवाला अपने शीशे में अपनी सवारी को रोता हुआ देख रहा है।
ऑटो जैसे ही हॉस्पिटल गेट पर जाकर लगा, शगुन कूद पड़ी। आज पापा की परी के पैरों में सचमुच पंख लग गए हैं। हे
-"भगवान! सबकुछ ठीक कर देना।"
वो खड़ी हैं माँ, कुर्सियों के पास। शांत हैं-विचलित हैं थोड़ी। शगुन को तसल्ली हुई।
-"पापा?"
-"हूँ,” माँ ने एक रूम की तरफ़ इशारा करते हुए कहा,-“सामने।"

शगुन ने काँच से झाँक कर देखा। एक 52 वर्षीय स्वस्थ प्रौढ़,

जिसे देखकर कोई रोगी नहीं कह सकता, बिस्तर पर लेटा हुआ है। पापा डॉक्टर की किसी बात पर हल्की हँसी हँस रहे हैं। शगुन की जान में जान आ गयी। माँ ने कंधे पर हाथ रक्खा। सामने हँसते हुए पिता हों और कंधे पर माँ की मौजूदगी का एहसास, एक बेटी को दुनिया से और क्या चाहिए। शगुन की आँखें भर आयीं। उसने पलटकर झट से माँ को अपनी बाहों में कस लिया। माँ-बेटी दोनों मुस्कुराने लगीं।

-"बेटा एम्बुलेंस को कितनी बार तो कॉल किया तब कहीं जाकर एक बार कॉल लगा-उसपर भी ड्राइवर ने दस मिनट में आने को कहा था। इधर पापा की हालत बिगड़ती जा रही थी। मैं डर गई थी। निकलकर बाहर भागी। वहाँ भाई साहब मिल गए-राधा आंटी के हसबेंड। उनको सारी कहानी बताई तो बेचारे अपनी गाड़ी निकाल लाए, भगवान भला करें। जैसे-तैसे सदर अस्पताल पहुंचे हमलोग, उन लोगों ने पापा की हालत देखते ही हाथ खड़े कर दिये तो भागे-भागे यहां लेकर आ रहे हैं। देखो! ठीक हैं अब तो। ऐसे हँस रहे हैं मानो कुछ हुआ ही ना हो।"

दोनों कॉरिडोर में आकर बैठ गयीं हैं अब।

-"हां, कुछ भी नहीं हुआ माँ। पापा बिल्कुल ठीक हैं।"

शगुन ने माँ की बात काटते हुए कहा।

ठीक तभी उन दो महिलाओं के बीच में, अचानक से एक तीसरी आवाज़ गूंजी।

-"अरे भाभी, भईया कैसे हैं?

-"अरे सरोज दीदी-आइये।"

यह भी अपने मोहल्ले की ही हैं। शगुन पहचानती है इन्हें। ग्रॉसरी स्टोर के बगल में घर है इनका।

-"ठीक हैं अब तो। देखिये यहाँ से-वो रहे सामने बेड पर।

-"हाँ! हमलोग तो बिल्कुल डर ही गए थे। चलिये बाबा की कृपा है सब। अब ठीक हो जाएंगे भाई साहब।

"और शगुन, कैसी है?"

शगुन ने अनमना सा जवाब दे दिया। इस समय इतने लोगों का

अस्पताल में मौजूद होना उसे बिलकुल अच्छा नहीं लग रहा था।

-"क्यों भाभी, ये पूछ रहीं थी कि खाना-पीना तो कुछ हुआ नहीं होगा आपका?

-"नहीं भाभी! अब ऐसे में क्या खाना-वाना। मैं तो यही शगुन से बात कर रही थी फ़ोन पे, फ़्री होकर फिर लगती किचन में। लेकिन फिर अचानक यही सब...."

-"हां, वही तो। मैं ले आयी हूं बनाकर। घर से चलते समय सोचा कहां भूखी-प्यासी होंगी आप। यहाँ आसपास तो अच्छे होटल वगैरा भी नहीं हैं-और जो हैं भी उनका खाना तो बस माशाअल्ला।

"अच्छा, शगुन का तो मुझे पता भी नहीं था।"

सरोज आंटी शगुन की तरफ़ देखकर बोलीं-"अच्छा किया बेटा कि झट से आ गयी तुम।"

माहौल अब थोड़ा हल्का हो चुका है। इस बातचीत में तय हुआ कि शगुन घर जाकर अभी फ़्रेश हो ले, तबतक मम्मी सरोज आंटी के साथ यहाँ हॉस्पिटल में रुकेंगी। उसके बाद जब वो आ जायेगी तब मम्मी जाकर थोड़ा आराम करेंगी और फिर शाम में खाना लेकर आ जायेंगी।

अगले दिन ही शगुन के पापा डिस्चार्ज होकर घर आ गए। ऐसा कोई बड़ा रोग तो था नहीं, डॉक्टर ने हार्ट की कुछ दवाएं लिख दीं, दो-चार हल्की फुल्की एक्सरसाइज़ बतायीं और परहेज़ समझाकर घर भेज दिया। पापा घर लौटे तो जैसे घर की रौनक लौट आयी। सबके मुरझाए चेहरे खिल उठे। पापा से लिपटकर शगुन बहुत देर तक रोती रही थी। शगुन के पिता मिलनसार स्वभाव के इंसान हैं। आस-पड़ोस के बहुत सारे लोग हालचाल पूछने आए घर पर। ज़िंदगी अब पटरी पर लौट आयी थी। शगुन को वापस जाना था-जैसी थी जिस हालत में थी वैसी ही चली आयी थी वो। पापा से मिलकर जब माँ के पास पहुंची शगुन तो उन्होंने उसके कंधे पर हाथ रखकर हौले से दबा दिया, और आँखों से बैठने का इशारा किया।

दोनों जब बराबर में बैठ गयीं तो माँ गंभीर हो गयीं।

-"शगुन! तूने कल पूछा था न, कि क्या ज़रूरत है हमें इस समाज की?

शगुन माँ के चेहरे से बात समझने की कोशिश करने लगी।

-"इसीलिए ज़रूरी होता है समाज। सोच कल अगर सिंह साहब समय पर कार लेकर नहीं आए होते, तो क्या हो जाता था। हम हॉस्पिटल पहुंचे और सरोज भाभी खाना लेकर पहुंच गयीं पीछे से, कुछ सोचकर ही न। क्या रिश्ता है हमारा उनसे?

हम मनुष्य हैं बेटा, सामाजिक प्राणी हैं। कभी-कभी ये समाज, हमारे लिए परिवार से, नाते-रिश्तों से बढ़कर काम आ जाता है। आधी रात को अगर दर्द उठे ना, तो तेरे चाचा या तेरे मामा नहीं आ पायेंगे भागकर-यही लोग खड़े होते हैं हमारे साथ। हमारे हर सुख-दुख में, कंधे से कंधा मिलाकर। तुम नयी जेनेरेशन के लोग हो। ऊपर से शहरों में रहने वाले। मेहमान के मुँह पर दरवाजा बंद कर देते हो। तुम्हारे बगल के फ़्लैट में अगर कोई मर जाए, तो इसका पता भी तुम्हें अगले दिन की न्यूज़ में मिलता है। अपने काम से काम रखने की आदत है, अच्छा है। पर बेटा ऐसे ही मौकों पर हमें एक-दूसरे का सहारा बनना पड़ता है। क्योंकि बेटे, लाइफ़ में सब कुछ हमेशा कूल नहीं होता।

हाँ माना कि कुछ खामियां हैं सोसाइटी में। इतनी ताक-झाँक नहीं करनी चाहिए दूसरों की लाइफ़ में। पर बेटा अब हर चीज़ तो परफ़ेक्ट नहीं होती ना, तुम्हारा साइंस भी तो यही कहता है। है न?"

माँ मुस्कुराईं, और माँ को मुस्कुराता देखकर शगुन भी मुस्कुरा उठी।

समाप्त

गूँगा

वो आज यहीं काम कर रहा है। 25-26 की उम्र का एक सुघड़-सजीला लड़का। बायें हाथ में घड़ी है, दाहिने हाथ में-इलेक्ट्रिक कटर का हैंडल। हाथों में गज़ब की तेज़ी है। टेप खींचकर एक हाथ से पाइप के मुहाने पर टिका देता है, पेंसिल का निशान खींचता है और फिर बिजली की फुर्ती से हाथ उठता है। सीधे हाथ में सधा हैंडल नीचे उतरा-और पलक झपकते ही चार इंच की पाइप कटकर अलग। ये तेजी, ये फुर्ती अकस्मात नहीं है। कोई है,जो बालकनी की रेलिंग पर खड़ी होकर उसकी कारीगरी देख रही है। नई उम्र की एक लड़की- जो शहर के एक नामी कॉलेज में कक्षा 11 की छात्रा है, उसकी प्रेरणास्रोत है। उसकी इन्हीं ख़ूबसूरत आँखों के प्रकाश से अभी उसका शरीर यंत्रवत चल रहा है। लाइट एनर्जी से मेकैनिकल एनर्जी के निष्पादन का ये एक बेहतरीन नमूना हो सकता है।

फ़रवरी की धूप में भी कितनी तपिश है। नीले-खुले आसमान से उतरकर पूरी बालकनी में पसर गई है। वासंती हवा बह रही है। लड़की अपने गीले बालों के सुखाने के लिये आकर खड़ी हो गयी थी। अब लड़की देख रही है लड़के के हाथों में पुती कालिमा, लड़का देख रहा है उसके चेहरे की लाली। दोनों एक-दूसरे के स्वाभाविक रूप में परस्पर उलझे हुए हैं। लगातार काम करने से लड़के के मजबूत-मर्दाना हाथों की नसें खड़ी हो गईं हैं। खिली हुई नसों पर लड़की की नज़र बरबस ही चली जाती है। लड़के ने उसकी नज़रें भाँप ली हैं, उसका पौरुष भड़क उठा है। उसके हाथ अब धौंकनी

बन चुके हैं। पाइप आगे खिसकी, टेप लगा, निशान खिंचा, दायाँ हाथ ऊपर गया और चार इंच का टुकड़ा बाहर।

लड़की की दिलचस्पी भी बढ़ गई है। दोनों की नजरें उड़ती हुई बार-बार आपस में टकरा जाती हैं। ऐसा होने पर दोनों इकट्ठे मुस्कुरा देते हैं। एक नये रिश्ते का सूत्रपात हो चला है।

लड़के ने ध्यान नहीं दिया। लड़की ने भी नहीं दिया। लड़की के पिता आकर सीढ़ी पर खड़े हो गये थे-चुपके से। बेखटके-बेआवाज़। क्रोधवश काँप रहे हैं थरथर। भौंहें तन गईं हैं। आंखों में खून उतर आया है। होंठ हिले-बड़ी मुश्किल से।

-"ये, काम हो रहा है यहाँ पे?"

-स्साला मादर....! हरामखोर। काम करने आया था कि घर में घुसके...तेरी माँ.."

एक लात पड़ी पीठ पर। लड़का बचते-बचते भी औंधे मुँह गिर पड़ा। गनीमत रही कि कटर घूमकर बंद हो चुका था- वर्ना....

बाप हुचककर लड़की की तरफ़ बढ़े। दाँत पीसते हुए। लड़की घबराकर भगी।

-"कहाँ रे, कहाँ भाग रही है। स्साली!"

बाल लहरा रहे थे। बाप ने लपककर पकड़ लिये हैं। लड़की के बदन को एक झटका लगा, और अगले ही क्षण लहराता हुआ बदन नीचे ज़मीन पर।

लड़की को फ़िर उठने का मौका नहीं मिला। लड़के को अलबत्ता मिल गया। लेकिन वो जबतक सँभल कर खड़ा हुआ, उतनी देर में लड़की बिछा दी गई जमीन पर। लात, घूँसे, मुक्के, तमाँचा। फिरसे लात-घूँसे-तमाँचा। धम्म-धम्म... चटाक। यही क्रम बार-बार दुहराया जा रहा है।

लड़का अपराधबोध में गड़ा जा रहा है। सिर नीचे किये-हाथ बांधे देख रहा है बस। देख ही तो सकता है बस।

माँ भी आ चुकीं हैं नीचे से, और तमाशबीन बनी खड़ी हैं सीढ़ी पर। सही-गलत का फ़ैसला करने के लिये पति हैं तो। दंडाधिकारी।

लड़की बेसुध हो चुकी है। बाप ने बाल से पकड़कर उठाया, दुपट्टा नीचे ही रह गया है। बाल के बाल टूटकर यहाँ-वहाँ बिखरे पड़े हैं। गाल पर-पीठ पर उंगलियों के अनगिनत छापे हैं। गालों की लालिमा की जगह अब रक्तिमा ने ले ली है। लड़की की हिचकियाँ बँधी जा रही हैं। बाप हाथ पकड़कर ले चले, कोने वाले कमरे की तरफ़।

इस एकतरफ़ा एक्शन सीन में असल हीरो की एंट्री बाकी थी। अब लड़की का भाई भी चढ़ आया है ऊपर। कुछ माँ से सुना, कुछ पिता से। बाकी अपनी आँखों से देख चुका। अंधा थोड़ी है-आज कानून के आँखों की पट्टी उतर गई है। अपराधी चुपचाप खड़ा हो तो मारने का मन नहीं करता। उसे उकसाना पड़ेगा।

-"का रे हरामखोर! साला हमरे घरे में घुसके- हमरिये बहिन? चल स्साले, नीचे चल। खाल उतार लेंगे आज।"

लाचार लड़की देख रही है खिड़की से- लड़का पिट रहा है। भाई से, बाप से, मोहल्ले वालों से। मोहल्ले वाले लड़की के बाप नहीं हैं। मोहल्ले वाले भाई भी नहीं हैं। लेकिन बात भी तो घरेलू नहीं रह गई है, बात का सामाजिक दायरा बढ़ गया है। बात अब पब्लिक इशू बन चुकी है। पीटने वालों में से एक लड़का तो कुछ दिन बीते, छत पर चढ़ आया था-रात में। मगर अभी वो अभियुक्त नहीं-न्यायाधीश है। मोहल्ले के माल को बाहर वाला कैसे छेड़ देगा। उसे इस बात का रोष है। वो दोगुनी ताकत से मार रहा है।

लड़के पीट रहे हैं-लड़का पिट रहा है। लड़का मगर भाई को नहीं देखता- न मोहल्ले वालों को। देख रहा है उस लड़की को। लड़की की आँखों में आँसू हैं। लड़के को तसल्ली है। पिट वो रहा है-तकलीफ उसे हो रही है। लड़के का दर्द बँट गया है। आँसुओं का सैलाब अपने साथ उसका सारा दर्द समेटकर ले गया। वो सन्तुष्ट है।

उसने जान-बूझकर भागने की कोशिश की-सिर्फ़ कोशिश। आग में घी पड़ गया। लात पे लात पड़ने लगी है। हाथों का तो कोई काम

ही नहीं है। कोई दौड़कर बैट उठा लाया है। एक नई उमर का लड़का कुदाल लेकर दौड़ा था-किसी ने हाथ से छीनकर फेंक दिया। वो फ़िर कहीं से लाठी ढूँढ लाया है। लाठी हाथ में आते ही हर आदमी कोतवाल बन जाता है। रुई धुन रहा है अब। बीच-बीच में लाठी कोंच देता है हरामजादे के खाली पेट में, कभी कूल्हे में। एकाध बार थोबड़े पर भी रेल दिया है स्साले को- बाल-बाल बची है दायीं आँख। हालाँकि काली पड़ गयी है ज़रूर।

दे दनादन।

-"मादर... गूंग स्साला।"

गूँगा?????

लड़के ने बुझती आँखों से देखा, लड़की की आँखों में बेचारगी उतर आई है। चेहरे पर दयाभाव उभर आया है। लड़का गूँगा है।

प्रेम, तत्क्षण सहानुभूति में बदल गया।

'च च्च च!'

लड़की को तरस आ गया है। भीड़ को नहीं आया।

लड़के को गुस्सा आ रहा है। बेकार में पिट रहे थे। उसे सहानुभूति नहीं चाहिए किसी की।

'गूँगा-गूँगा-गूँगा

लड़के ने सुना,आवाज़ें आ रहीं हैं- भाई बोल रहा है, लड़के बोल रहे हैं, भीड़ बोल रही है। घरों के छत पर खड़ी औरतें बोलने लगीं। समाज बोलने लगा। सारा शहर बोल रहा है। नहीं-नहीं पूरा देश बोल रहा है। धरती में, आसमान में-समूचे ब्रह्माण्ड में गूँज रहा है।

'गूँगाssss-''गूँगाssss'

लड़का कान बंद करके चिल्लाया। लोगों ने समझा मार का असर हो रहा है अब। स्पीड और बढ़ा दी गई। परिणाम दिखने लगे तो कर्म करने में मज़ा आने लगता है। मर साले!

घड़ी देखके कुल 18 मिनट ही हुए हैं अभी, और पहलवान सारे एक-एक कर थकने लगे हैं अब। अपनी-अपनी पाली पूरी करके

लौट रहे हैं। आख़िर में लड़की के भाई ने भी उसके सारे औज़ार लाकर नीचे फेंक दिये, कूल्हे पर हुमचकर एक लात मारी और चलता बना। मारने का मज़ा अकेले में नहीं है। भीड़तंत्र ही असली लोकतंत्र है। लड़का बेसुध पड़ा था। कूल्हे पर लात पड़ते ही मुँह से खून ढकच मारा। लेकिन इतनी मार-पिटाई, इतना खून-खच्चर सब अकारथ गया। गूँगे को ज़मानेभर से दया मिल जाती है, दान मिल जाता है। प्रेम नहीं मिलता। यहाँ भी नहीं मिला। लड़खड़ाता हुआ उठा, बदन की मिट्टी झाड़ी। और फिर बिना पलटे; लँगड़ाता हुआ बढ़ गया। उसने जो पलटकर देखा होता तो देख पाता कि लड़की की हिचकियाँ बँधी जा रही हैं। लड़की के दिल में हूक है, गूँगा बेचारा!

अच्छा ही हुआ जो नहीं देखा, चला गया। .....वर्ना सचमुच मर जाता।

समाप्त

मिडिल क्लासिया

मिडिल क्लास आदमी, ईश्वर की रचनात्मकता और कल्पनाशीलता का डेडली कॉम्बिनेशन है। धरती के सभी जीवों में मनुष्य ही वो इकलौता प्राणी है जिसे क़ुदरत ने अपने भावों को; भाषा के जरिये व्यक्त करने का सुभीता दिया है। ईश्वर ने मनुष्यों के लिए जितने भी भावों की कल्पना की होगी-वो सारे उन्होंने मिडिल क्लास आदमी में इतनी शिद्दत से भरे हैं, जैसे बिहार के ऑटोवाले अपने ऑटो में सवारी भरते हैं। सुख, संतोष, घृणा, लोभ, क्रोध और ईर्ष्या- ये सारे गुण एक मिडिल क्लासिये में प्रचुर मात्रा में पाए जाते हैं। लेकिन एक कहावत है ना कि भगवान ने किसी को भी सम्पूर्ण नहीं बनाया। वो सबको सब कुछ एकसाथ नहीं देता। कुछ लेता है, तो उसके बदले में कुछ दे देता है। और कुछ देता है तो कुछ न कुछ छीन भी लेता है। हाथी को अतुलित बल और बुद्धि दी तो इस भीमकाय शरीर के साथ; भारी-भरकम पेट का टंटा चिपका दिया। अब यह हतभागी दिनभर पेट भरने की जुगत में ही घूमा करता है। चीता की बॉडी में टॉप की स्पीड दी तो माइलेज ही कम कर दिया, दो फ़रलांग दौड़े नहीं कि कुत्ते-सरीखे हाँफने लग जाते हैं। अब हमारे मिडिल क्लास मनुष्यों के साथ क्या ट्रेजेडी हुई, देखिये। इन बिचारों की गागर बहुत छिछली होती है। थोड़े से ही में डबडबा जाती है। थोड़े से सुख में ही झूमने लगता है यह नासमझ, और थोड़े से ही दुख में छाती पीटने लग जाता है। उसकी छोटी सी गागर में बड़ी चीज़ें समा ही नहीं सकतीं। ईश्वर ने यही एक ज़्यादती कर दी मिडिल क्लास

51

वालों के साथ। इन्हें ख़ुश होने के लिए कोई बड़ी वजह नहीं चाहिये। ऑनलाइन पेमेंट करने पर यदि पाँच रुपये का कैशबैक भी मिल जाए- तो उसकी बाँछें खिल जाती हैं। रिजर्वेशन चार्ट में अपने नाम के आसपास किसी कन्या का नाम दिख भर जाए तो दिल बल्लियों उछल पड़ता है। फिर भले चाहे लड़की ट्रेन खुलते ही अपने कानों में ईयरफोन ठूँसकर अंग्रेज़ी गाने क्यों ना सुनने लग जाए। या फिर, अपने दूरस्थ प्रेमी से प्रेमालाप करने लग जाए। और इस दौरान आपकी भूमिका सिर्फ़ ये कि आप मिनट-दो मिनट में लड़की की तरफ़ हसरती निगाहों से देखकर 'क्लोज़प-मुस्कान' उछालते रहें और ऊँची-भद्दी आवाज़ में आतिफ़ असलम के गाने गाते रहें। और जब वो अपने इस काम से फ़ारिग होकर अपने सामान समेटने लगे, कुछ यों कि आपके मन में कोई आस जगे- ठीक तभी वो आपकी तरफ़ देखकर मुँह बिचकाए और चादर तान कर लंबी हो जाए। आपकी सारी आशाएँ अन्ततः ट्रेन की खिड़की से निकलकर उड़नछू हो जानी हैं, इसके बावजूद आप भागते भूत की लँगोटी पकड़ कर लटकने को तैयार हैं।

क्लास सेवन में पढ़ने वाले बेटे के टेस्ट में अच्छे नंबर आ गए, तो मिडिल क्लासिया ख़ुश हो गया। जबकि उसे ख़ुश होने के बजाय इस बात की फ़िक्र होनी चाहिये कि बेटा इंटर में कौन सी स्ट्रीम चुनेगा। फिर अच्छे नम्बरों से 12 क्लियर करेगा या नहीं, उसके बाद उसे अच्छा कॉलेज मिलेगा या नहीं और अगर मिला भी तो कॉलेज का खर्चा वो मिडिल क्लास उठा पाएगा या नहीं। और ईश्वर की अनुकम्पा से अगर सब कुछ सही गया तो फिर सरकारी नौकरी लगेगी या नहीं। या कुछ नहीं तो किसी मल्टीनेशनल कंपनी में बड़ी पोस्ट पर अच्छे पैसे पीट सकेगा या नहीं, या कहीं ऐसा न हो कि युवा नेता बनकर अपनी पल्सर से ख़ूबसूरत लड़कियों के घर के आगे स्टंट करने लग जाए। इस दशा में उसे यह आशंका होनी चाहिये कि सिग्नल अगर ग्रीन होता है फिर तो ठीक है-लेकिन अगर जो कहीं लड़की ने पुलिस कंप्लेन कर दी तो

वह कोतवाल की नेताजी से बात कराकर, अपने बूते पर निबट सकेगा या नहीं। लेकिन नहीं, इतनी आगे की सोचने की हमें क्या पड़ी है। किसने कहा-'अग्रसोचे सदा सुखी'। वो किसी और के लिए कहा होगा। शायद सटोरियों या जुवारियों के लिए। या चुनावों में खुले हाथ से मदिरा का दान करने वाले प्रत्याशियों के लिए। ये सब ऊँचे लोगों की टंटे हैं। हमें तो बस ख़ुश होना है-हम ख़ुश हो गए। मिडिल क्लास लोगों के पास ले-देकर बस इतना ही काम है। *खाओ-पीयो, मौज मनाओ, धरती फ़ट गई-हमसे क्या?*
जितनी तेजी से सीना फुलाते हैं साहब, उतनी ही तेजी से मुँह भी लटक जाता है। इनका हिसाब-किताब मेरी समझ में कुछ उल्टा है। भई जितनी बात पर अमीरों की छींक तक नहीं उतरती, उतनी सी बात पर मिडिल क्लास वालों की पता नहीं क्या-क्या, कहाँ-कहाँ से उतर जाती है। लेकिन जिस मुद्दे पर देश-विदेश की सरकारों के कान खड़े हो जाया करते हैं, उसे सुनकर हमारा मिडिल क्लास आदमी अपने कान में तीली डाल लेता है, और हिलाने से पैदा हुई गुदगुदी का आनंद लेने लगता है। अमेरिका ने मंगल पर अरबों रुपये की लागत वाला जो मिशन भेजा था, वो मिशन आज हिन्द महासागर की तली में पाया गया। बड़ी ख़बर है, इसपर हाई-लेवल मीटिंग बैठेगी। इस असफ़लता पर विश्व की महाशक्ति का दिल बैठा जा रहा है, लेकिन आपको तनिक भी चिंता नहीं है। आपके पेट में मरोड़ें पड़ रहीं हैं कि आपकी गाय ने आज तीन किलो की जगह सिर्फ़ अढ़ाई किलो दूध दिया है। आपको शक़ है कि बाकी का दूध; दुहिया डकार गया। ठीक है, फ़िर यह सुनिये- रूस के आला वैज्ञानिकों की वह टीम, जो गत 6 वर्षों से बाघ और इंसानी जीन के सम्मिश्रण से एक महामानव तैयार करने में जुटी थी, उसका यह प्रयोग बैकफायर कर गया जिसके फ़लस्वरूप-12 फुट लंबे तथा छह सौ किलो वजनी एक खूंखार दानव ने जन्म ले लिया है। इस दैत्याकार जीव के हाथ-पैर तो इंसानों जैसे हैं लेकिन पूरे शरीर में बाघनुमा धारियाँ हैं और यह दो पैरों पर चलता है। इस अप्रत्याशित घटना ने दुनियाभर के आला

वैज्ञानिकों में हड़कंप मचा रखा है। इस जीव के निर्माण से विज्ञान जगत में एक नए युग का सूत्रपात तो हुआ है, लेकिन लैब के अंदर जो तीन वैज्ञानिक उसका निरीक्षण करने गए थे, वे अब लापता हैं। आपका जवाब हुआ-"हाँ, सुनकर थोड़ा झटका तो लगा पर मुझे दिक्कत यह है कि सर्दियों में मुझे पेशाब बहुत आता है। अब क्या मालूम यह नमी के वजह से हो रहा है या कहीं मुझे शुगर तो नहीं हो गई।" अब आप सारे काम छोड़कर पहले टेस्ट कराने भागते हैं।

चलिये माना कि आप बड़े देशप्रेमी हैं। आपको दूसरे देशों से कोई लेना-देना नहीं है, आपको तो केवल अपने देश से सरोकार है। तो भईया आप क्या समझते हैं कि हमारे यहाँ दूध की नदियाँ बहने लगीं हैं? यहां कौन-सा सबके खाते में, रातोंरात पन्द्रह लाख रुपये क्रेडिट हो रहे हैं? लीजिये हमारे अबोध देशवासी,अपने ही देश का हाल सुनिये! अमुक राज्य की सरकार में अचानक से डाँवाडोल की स्थिति उत्पन्न हो गई है। कैबिनेट के सोलह विधायक गायब हैं। और यह बात तो सोलहों आने सच है। ऐसी आशंका जताई जा रही है कि वे किसी दूसरे दल के साथ मिलकर सरकार बनाने पर आमादा हैं। अब उन्हें खोजने के लिए एक खोजी दल छोड़ा गया है, लेकिन वे मुए कहीं मिलते ही नहीं। गुप्त सूत्रों से ख़बर मिली है कि ये सोलहों विधायक, नेपाल की पाँच कोमलांगियों(हालाँकि वे मिज़ोरम की हैं) के साथ किसी फार्महाउस में नज़रबंद हैं। आपने हैरानी जताई, अफ़सोस किया मगर फिर उसी डाल पर आकर बैठ गए। आपके होश उड़े हैं क्योंकि आपकी बीवी, जो ऊपरवाले के रहमोकरम से छह बच्चों की माँ है, उसके पीरियड्स नहीं आ रहे। लो भईया! हुई गवा बंटाधार।

अच्छा-अच्छा! तो अब यह माज़रा मेरी समझ में आ गया। यह तो उस राज्य की ख़बर है जहाँ आपको जाहिल बताया जाता है। यही वजह है कि आप इन ख़बरों में कोई दिलचस्पी नहीं ले रहे। घर-परिवार से दूर जाकर आप जहाँ तपती धूप में पहले नींव बिछाते हैं, फिर दीवार चलाते हैं और फिर छत डालकर इमारत

तैयार करते हैं। लेकिन उसी इमारत के अंदर खड़े होकर लोग आपके बारे में यह राय क़ायम करते हैं कि- 'भईया जी लोग बड़े हरामखोर होते हैं। यहाँ आकर;यहाँ का लोकल टैलेंट छीन लेते हैं!' इस बेइज्जती के बावजूद आप हर साल अपना झोला उठाकर चल देते हैं मुँह उठाए-वहाँ सर पे ईंटें उठाने के लिए। लेकिन आपको वहाँ की राजनीति से कोई वास्ता नहीं है-आपको सिर्फ़ देश प्यारा है। आपको समूल रूप में सिर्फ़ इस देश से मतलब है।हूँ! सही भी है। ठीक है फ़िर। लीजिये यह राष्ट्रीय स्तर का मस'अला सुनिये। आपको पता तो क्या होगा पर जान लीजिये कि भारत में लैंगिक भेदभाव हालाँकि अब पहले से कम हो गया है, लेकिन देश में अब एक नई समस्या सिर उठा रही है। आपको मालूम होना चाहिये कि नारी-उत्थान, स्त्री कल्याण और फेमिनीज़म की बयार में भारत के पुरुष समाज को गठिया हुआ जा रहा है। दहेज उत्पीड़न के लिये बने क़ानूनों का सदुपयोग; लड़के वालों से पैसे ऐंठने के लिए भी होने लगा है। एक रिपोर्ट कहती है कि दहेज उत्पीड़न के आधे से अधिक मामले 'फ़ेक' होते हैं। पुरुषों में अवसाद और आत्महत्या के मामले दिनोंदिन बढ़ते जा रहे हैं। कुछ निराशावादी पुरुषों को भय है कि अगले कुछेक सालों में, कहीं पुरुषों को ही आरक्षण की दरकार न पड़ जाए। यह तो ख़ैर कोरी बकवास है-क्योंकि असली मर्द कभी रोता नहीं-और मर्द को दर्द भी तो नहीं होता। एक आदर्श मर्द तो वही है कि जो हँसते-हँसते अपने सीने को चाक़ हो जाने दे, वर्ना फ़िर मर्द किस काम का। लेकिन फ़िर भी इसपर गहन चिंतन की आवश्यकता है। अब यह राष्ट्रीय चिंता का विषय बनता जा रहा है। आप यह सुनते ही सोच में डूब गए। आपने बाल खुजाए, माथा ठोंका फ़िर आपके चेहरे पर विषाद की रेखाएं उभरने लगीं। वाह! यह दाँव तो काम कर गया। आपको दुःख हुआ, आप चिंतित दिख रहे हैं। आपकी शक़्ल बिल्कुल वैसी ही लटक गई है जैसे शेयर बाजार को ख़स्ताहाल देखकर अमीरों की लटक जाती है और जैसे दाल के दाम सुनकर गरीबों की। आप मिडिल क्लासिये हैं-दूसरे शब्दों में

'बिचौलिये'। मुझे यह जानकर ख़ुशी हुई- कि कम से कम आपको दुःख तो हुआ। आहा, मेरे भाग सँवर गए। पर यह क्या, ये आप क्या दिखाने लग गए।

-"देखो भईया! साढ़े तीन हज़ार का सूट, दो बार का पहना हुआ। चूहा काट गया स्साला।"

धत्त तेरी की! भैंस के आगे बीन बजायी-भैंस खड़ी पगुराय। क्या कहा? चूहा काट गया? ठीक हुआ ससुरे, तुम जैसों को ही चूहा काट डाले तो मज़ा आ जाए। तुम बस इतने ही के लायक़ हो-डूब मरो।

समाप्त

घनचक्कर

सिउचन को घर जाने की जल्दी मची थी। नवंबर का महीना,दिन ढले हुए भी एकाध घण्टे बीत चुके थे। पूस की सर्द हवा; बूढ़े बदन को जड़ाने के लिए काफ़ी थी। सिउचन ने अनुमान किया-6 बज गए होंगे। उसने एक हल्की जम्हाई ली और अपनी दोनों लकड़ीनुमा टाँगे चिपकाकर, सिमटकर बैठ गया।

सीसी रोड से घुसने पर दायीं तरफ़ सड़ी-गली सब्ज़ियाँ, जिनमें बिकने की अब ज़रा भी गुंजाइश नहीं बची, इतने सलीक़े से फेंकी गयीं थीं कि उनसे एक अच्छा-खासा पहाड़ बन चुका था। चार-पाँच छुट्टा पशु कचरे के उस ढेर में सिर दिये, अपना डिनर तलाश रहे थे। सब्ज़ियों पर मँडराने वाले मक्खी-मच्छरों के लयबद्ध गुंजन ने, माहौल में एक मद्धम संगीत पैदा कर दिया था। बायीं ओर ज़मीन से चार बित्ते ऊपर उठाकर, कब्रनुमा एक लंबा सीमेंटेड चबूतरा बनाया गया है। इस चबूतरे पर हड़प्पाकालीन वास्तुकला के ढंग की कुल सात दुकानें निकाली गयीं हैं, जिनमें टाट की मदद से पार्टिशन कुछ इस कारीगरी से किया गया है कि आने-जाने की गुंजाइश बराबर बनी रहे, मानो चीन और पाकिस्तान का बॉर्डर हो। इन दो अलौकिक दृश्यों के बीचोंबीच, एकदम सीध में सिउचन अपनी दुकान लगाकर गोभी बेच रहा था। यह मानकर कि अब ग्राहक नहीं आने वाले, उसने एक सिरे से अपनी दुकान समेटनी शुरू कर ही दी थी कि ठीक तभी, सामने कुछ दूरी पर उसे एक दोपाया आकृति दीख पड़ी।

देखते ही देखते वो आकृति, तीस-पैंतीस वर्ष के एक आदमी में परिणित हो गई।

थोड़ी देर बाद, उस आदमी ने जब अपनी गोभी तुलवा ली तो सिउचन की तरफ़ 50 रुपये का नोट बढ़ाते हुए बोला -"लो चच्चा! 20 काट लो।"

-"अरे कहाँ बीस में होइ बाबू!" सिउचन हाथ जोड़के रिरियाया।

"-परते नाई पड़ी। घर के तो हौ नाई, अढ़ाई-सौ रुपैया पसेरी का रेट लागल है। असामी एक नया पइसा नाई छोड़त हँवे कुल, हम कहाँ घर से दे दीं।"

बात पूरी होते-होते सचमुच उसके माथे से लाचारगी टपकने लगी थी।

-"अरे काका बात मत फ़ैलाव य्यार। केतना बनत है सब पता है। लो 20 रुपिया काटो चुपचाप।"

शाम का समय था और आखिरी सौदा। ठंड बढ़ रही थी और दूर जाना था। सिउचन ने मन मसोसकर पैसे ले लिये और दाहिना हाथ, अपनी बुरिया के नीचे सरका दिया। हाथ जब बाहर निकला तो उसमें दस-दस के तीन मुड़े-तुड़े नोट थे। सिउचन ने अनिच्छा से पैसे; ग्राहक के सुपुर्द कर दिए। ग्राहक जब आगे बढ़ गया तब अपना सामान समेटते हुए सिउचन मन ही मन बड़बड़ाया:- "हरामखोर"

"ले रे। गोभी लाए हैं आज। आलू-गोभी बना दे।"

सिउचन का वो ग्राहक कोई ऑटोवाला है। किराये के घर में केवल मियाँ-बीवी ही रहते हैं। स्त्री; पति के इंतजार में ही बैठी थी। पति के आते ही, झोले से गोभी निकालकर काटने लगी। बड़े जतन से भोजन पका और दम्पति खाकर चुपचाप सो रहे।

सुबह ऑटोवाला अपना ऑटो लेकर निकल पड़ा। सौभाग्य से, पहली सवारी के लिये ज़्यादा इंतज़ार नहीं करना पड़ा। एक सेठजी को मार्केट जाना था। सेठजी आकर पीछे की सीट पर घस्स से बैठ गए। सवारी बैठते ही ऑटोवाले ने ऑटो को ऑडी बना दिया।

सुबह का समय था। बड़ा बाज़ार होने के बावजूद सड़कों पर ट्रैफ़िक न के बराबर था। ऑटो को मंज़िल तक पहुंचने में कोई परेशानी नहीं हुई। परेशानी मगर तब शुरू हुई जब ऑटो चालक ने ऑटो को एक किनारे लगाकर; किराया माँग लिया।

-"अरे साहब कहाँ गरीब को लूट रहे हैं। चौक से मार्किट तक का भाड़ा किसी से पूछ लीजिये-30 रुपिया है।"

-"अरे तुम लूट रहे हो य्यार। कम लूटो। पूरा शहर में टुकटुक आ गया है, लेकिन तुमलोग को अकल नहीं आयी अभीतक। दस-दस रुपिया में कै किलोमीटर ढोते हैं सब। अरे तुम दस नहीं लोगे, बीस ले लो। यही न।

लो- ये लो बीस रुपिया।"

सेठजी ने बिना चालक का मुँह देखे, 20 रुपये का फरफरी नोट थमाया और चलते बने।

यह गनीमत हुई की उन्होंने सुना नहीं, जब ऑटोवाले ने बुदबुदाकर कहा था;-"चोर-स्साला! हरामखोर।"

सेठजी का काफ़ी लंबा-चौड़ा व्यापार है। अकूत धन-संपदा है। इसका मूल कारण यह है कि लक्ष्मी के अनन्य भक्त होने के बावजूद सेठजी, लक्ष्मी को दाँतो से ही पकड़ते हैं। एक प्राचीन लोकोक्ति कहती है कि स्वास्थ्य सबसे बड़ी निधि है, लेकिन रुपयों के फ़ेर में पड़कर सेठजी एक लम्बे अरसे से सेहत को नजरअदांज करते आये हैं। एक दिन यकायक सीने में तेज़ दर्द उठा। घरवालों ने आनन-फानन में उठाकर, सिटी हॉस्पिटल में भर्ती करा दिया। वहाँ दुनियाभर की जाँच कराने के बाद डॉक्टर इस निष्कर्ष पर पहुँचे कि हार्ट मसल्स में ब्लॉकेज है, इसलिये जितनी जल्दी हो सके, ऑपरेट कर दिया जाये।

दैवकृपा से ऑपरेशन सफल रहा। एक सप्ताह तक अपनी कड़ी निगरानी में रखने के बाद, डॉक्टर साहब ने डिस्चार्ज की सहमति प्रदान कर दी। लेकिन डिस्चार्ज से पहले जब नर्स ने हॉस्पिटल का बिल थमाया तो सेठजी के होश उड़ गए। अदने से एक ऑपरेशन का ख़र्च 8 लाख रुपये? सेठजी का अगर जो ऑपरेशन न हुआ

होता, तो बेचारे सचमुच हार्ट अटैक से मर गये होते। धड़धड़ाते हुए डॉक्टर के केबिन में घुस गए।

-"डाक साब! ये क्या है?"

-"अरे-रे, आप अंदर कहाँ घुसे आ रहे हैं भाई?"

-"अरे वो छोड़िये, ये बताइये पहले कि ये क्या है? 8 लाख रुपए का बिल?"

-"हाँ तो आपकी प्रॉब्लम भी तो बड़ी थी। समय पर हमने ऑपरेट नहीं किया होता तो पता नहीं क्या हो जाता। और उसके बाद दवाइयों का खर्चा अलग।"

-"अरे डाक साब थोड़ा तो कंसेसन करिये। हमलोग छोटे-मोटे असामी हैं।"

-"अरे भाई ये आपका ग्रॉसरी स्टोर थोड़ी है-चाय के साथ चीनी फ्री। यहाँ हर सर्विस का चार्ज लगता है। एक-एक मशीन करोड़ों रुपए की है। कोई ट्रस्ट थोड़ी है ये। पैसे तो आपको पूरे देने पड़ेंगे।"

-"अरे सर दान-धरम भी एक चीज़ होती है।"

-"उसके लिये सरकारी हॉस्पिटल बने हुए हैं। खाना भी मिलता है वहाँ। आज पर्ची लगाइये तो 5 साल बाद नंबर आएगा। वहाँ से बुलावा आने से पहले ऊपर से बुलावा आ जायेगा।

जाइये, बिल पे कीजिये और घर जाकर आराम करिये। नई-नई सर्जरी हुई है अभी, ज़्यादा स्ट्रेस मत लीजिये।"

आधे घन्टे बाद सेठजी अपने बेटे के साथ सिटी हॉस्पिटल से बाहर निकल रहे थे।

बेटे ने कहा;-" पापा! अच्छा-खासा पैसा लग गया आपके ऑपरेशन में तो।

सेठजी ने आह भरके कहा,-"हरामखोर हैं सब साले। गरीबों को लूटते हैं।"

डॉक्टर साहब इलाके के मशहूर सर्जन हैं। बिजनेस अच्छा चल रहा है। 200 किलोमीटर के दायरे में सिटी हॉस्पिटल की दो शाखाएं खुल चुकीं हैं। अमीरों की भरपूर सेवा करने के बाद, अब गरीबों की तरफ़ ध्यान देने की सोच रहे हैं, जिसके मद्देनज़र

अपनी एक ब्रांच ग्रामीण इलाके में भी डालना चाहते हैं। इसी सिलसिले में आज वह स्थानीय सांसद से, जोकि मौजूदा सरकार में दर्जा प्राप्त मंत्री भी हैं, भेंट करने आए हैं। आधे घंटे की कमरतोड़ प्रतीक्षा के बाद आखिरकार सांसद जी के दर्शन हुए। डॉक्टर साहब ने उठकर प्रणाम किया।

-"सबसे पहले तो आपको बहुत सारा धन्यवाद सर! अपने बिजी शेड्यूल में से मेरे लिये टाइम निकालने के लिए।"

-अरे भाई, हम तो सेवक लोग हैं। आम जनता की सेवा करने के लिए ही तो बैठे हैं। और ऊपर से तो आप डॉक्टर हैं। आपकी सेवा तो हमारा परम सौभाग्य है। और बताइये, कैसे हैं आप?"

-"बस सब बढ़िया है सर!"

-"कैसे आना हुआ?"

-"वो सर मैं सोच रहा था अपने हॉस्पिटल की एक ब्रांच यहां भी डाल दूँ। यहाँ के लोगों को एमरजेंसी में यहाँ-वहाँ भागना पड़ता है। अच्छा हेल्थकेयर होना चाहिये अपने तरफ़ भी। है कि नहीं?

-"अरे हाँ-हाँ। बिल्कुल। भई गरीबों की सेवा तो बड़े पुण्य का काम है। तो बताइये, कहाँ ली है ज़मीन?"

-"सर उसी सिलसिले में तो आया हूँ। वो हाईवे जहाँ गिर रहा है न, वहीं का प्लान है। एरिया अच्छा-खासा है और अपना, ट्रांसपोर्टेशन भी बढ़िया है उधर।

-"अरे वहाँ-कहाँ भई। वहाँ कैसे संभव है। एक तो एग्रीकल्चर लैंड है, ऊपर से विवादित। वहाँ नहीं, कहीं और देखिये।"

-"अरे सर आप हैं तो क्या संभव-क्या असंभव। परफ़ेक्ट साइट है बिल्कुल। बस आप थोड़ी कृपा कर दीजिये तो सब हो जाएगा। आपका ही आशीर्वाद चाहिए बस।”

-"आशीर्वाद तो है बिल्कुल। हे-हे-हे। वैसे तो मुश्किल है पर थोड़ा सहयोग कीजिये तो काम बन सकता है।"

समझदार को इशारा काफ़ी। डॉक्टर साहब इतना सुनते ही सांसद महोदय के बिल्कुल पास खिसक आए और कान के पास झुककर कुछ फुसफुसाने लगे।

सांसद महोदय के चेहरे पर बनती-बिगड़ती रेखाएँ बता रहीं हैं कि वो सर्वथा असन्तुष्ट हैं।

-"बस? अरे ये तो बहुत कम हो गया। हे-हे-हे।"

-"सर मेरा तो यही बजट है। अब इससे ऊपर तो पॉसिबल ही नहीं है।"

डॉक्टर साहब हाथ जोड़कर;विनीत भाव से बोले।

-"अरे भाई, ये तो सर्किल रेट भी नहीं है। इतने में तो मेरा ही नहीं होने वाला। आगे भी कई लोगों के हाथ गरम करने पड़ेंगे। अगले हफ़्ते से चुनाव संहिता लागू हो जाएगी। चुनाव में तो आप जानते हैं सौ तरह के ख़र्चे होते हैं। पैसा; पानी की तरह बहता है।"

सांसद जी ने हाथ के इशारों से, पैसे और पानी के निकट सम्बंध को साकार करके दिखाया। आँखें दबाकर, होंठ बिचकाते हुए जब वो बोल रहे थे तो ऐसा लगता था जैसे कोई सन्यासी बोल रहा हो। अपने इस दृष्टांत से वो शायद यही समझना चाहते थे कि;-'धन को मैं धूल समझता हूं।'

दाहिने हाथ से काम बिगड़ता देखकर, किसी मंझे हुए पूँजीवादी की तरह डॉक्टर साहब ने अब बायें हाथ का प्रयोग हितकर समझा। मुस्कुराकर जरा नर्म लहज़े में बोले;- अरे सर हमें तो दीन-दुखियों की सेवा भी करनी है। सोशल कॉज़ है ये तो। यहाँ एक अच्छा हॉस्पिटल खुलेगा तो हेल्थकेयर मजबूत होगा। सोशल कॉज़ है सर, कुछ तो आपका भी सपोर्ट बनता है।"

नेता जी मंद-मंद मुस्कुराने लगे। मानो मन ही मन कह रहे हों"-'बेटे, यहाँ किसे चराने आये हो? तुम्हारे जनकल्याण का मतलब मैं खूब समझता हूँ। पिछले पंद्रह बरस से मैं भी यही कर रहा हूँ।'

दो मिनट के मातमी मौन के बाद प्रत्यक्ष में बोले;-"डॉक्टर साहब, बात आपकी भी ठीक ही है, पर केवल समाजसेवा करके तो आपके हॉस्पिटल की तीन-तीन शाखाएं खुलीं नहीं हैं। बिजनेस करना है तो डिपॉज़िट भी लगेगा ना। है कि नई?

इसलिये श्रीमान! मेरी बात मानिये, सहयोग राशि बढ़ा दीजिये और जाकर भूमि-पूजन की तैयारी कीजिये। कुछ दिनों बाद हम

दोनों मिलकर यहाँ समाज की खूब सेवा करेंगे।"

बात पूरी करते-करते सांसद महोदय की मुस्कान थोड़ी और चौड़ी हो गई।

थोड़ी देर बाद जब डॉक्टर साहब बाहर निकले तो उनके गोरे-चिट्टे चेहरे पर संतोष-अंसतोष के मिले-जुले भाव थे। वो कुछ बुदबुदा भी रहे हैं- थोड़ी कोशिश करने पर केवल अंतिम कुछ शब्द सुनाई पड़े-'मनी-सकर्स'!

देश में चुनावी समर का शंखनाद हो चुका है। सांसद महोदय भी रणभूमि में हैं। पिछले दो कार्यकाल से सांसद हैं, इसबार की जीत पर संभव है कि आलाकमान की नज़र फ़िर जाये।

हालाँकि सांसद जी अपने संसदीय क्षेत्र के लिए नीलकंठ पक्षी के समान हैं, जो साल में केवल एक बार दशहरे के दिन दिखाई पड़ता है। पिछले दस वर्षों के अपने कार्यकाल में, आप कुल जमा दस ही बार नज़र भी आये हैं। इसके बावजूद जनता उन्हें क्यों और कैसे चुनती है और वो हर मर्तबा किस चमत्कार की बदौलत बहुमत से जीतते आये हैं, यह शायद लोकतंत्र के प्रहरियों के लिये जिज्ञासा का, और राजनीति के विद्यार्थियों के लिये शोध का विषय होगा पर यूपी-बिहार के बाशिंदो को इसमें लेशमात्र का भी अचरज नहीं होता। सांसद जी का पैतृक गाँव, जहाँ से अपने लाव-लश्कर और गाजे-बाजे के साथ जाकर वो पर्चा दाखिल करते हैं, वो गाँव एक बड़े शहर से सटा हुआ है, वो बड़ा शहर जिले से सटा हुआ है और वह जिला, पड़ोसी राज्य से सटा हुआ है। हर बार की भाँति इस बार भी गाँव तक आने वाले सभी रास्तों के जरिये रुपयों से भरे बोरे, येन-केन-प्रकारेण की लीक पर चलते हुए गाँव में पहुँच गए हैं, जिनका सदुपयोग आगामी लोकसभा चुनावों में दबाकर किया जाएगा।

चुनाव से ठीक एक रात पहले, फुटकर सब्ज़ी विक्रेता सिउचन के घर में अचानक से कुछ गण प्रगट हुए, जिन्होंने सिउचन को दो साड़ियाँ, मदिरा और 500 रुपये उपहारस्वरूप भेंट किये, और आश्चर्यजनक रूप से ठेठ-देहाती भाषा में कुर्सी छाप पर 'भोट' देने

का आदेश देकर, अंतर्धान हो गएं। भोजन के बाद मदिरापान का आनंद लेते हुए, सिउचन देर रात तक बैठकर नेताजी को असीसता रहा और कुर्सी छाप पर मर-मिटने की कसम खाकर, कुर्सी पर ही लुढ़क गया। हालाँकि सुबह उठने पर जब उसका नशा उतरा तो सिउचन ने पाया कि नशा घर का नाश करता है, जिससे उसकी इस भावना को बल मिला कि संसार नाशवान है, इसलिये हाथ लगते ही दया-धरम के काम कर देने चाहिए। जिसके बाद सिउचन बग़ैर हाथ-मुँह धोये सीधा अपने नज़दीकी पोलिंग बूथ पहुँच गया और जाकर, अपने जात-भाई के लिये 'तीर-धनुष' का बटन दबा आया। यह अभी कुछ हफ़्तों पहले की बात है।

परीक्षाएं ख़त्म हो गयीं हैं, अब रिज़ल्ट का इंतजार है। आज चुनाव परिणाम आने वाले हैं। सांसद महोदय के घर में शुभचिंतकों का तांता लगा है। सफ़लता निश्चित हो जाने पर हितैषियों की संख्या बड़ी तेज़ी से बढ़ती है। अपने शुभचिंतकों और कार्यकर्ताओं से घिरे हुए नेताजी नहा-धोकर, सुबह 6 बजे से ही टीवी के सामने जम गए थे।

ऐसे एग्ज़िट पोल में तो जीत पक्की दिखा रहे हैं सब, मगर कोई भरोसा थोड़ी है। कोई बात नहीं, ना घोड़ा दूर-ना दिल्ली दूर। मतगणना शुरू हुई और धड़कनें बढ़ने लगीं। गरीबों के मसीहा कहे जाने वाले चिर प्रतिद्वंद्वी से; सांसद जी का कांटे का मुक़ाबला चल रहा था। पहले घंटे में आप आगे होते, तो दूसरे घंटे में बाज़ी उधर चली जाती । नेता जी ने बेचैनी में अपने सारे नाखून कुतर डाले थे। मगर 1 बजे तक भी क्लीयर नहीं हुआ कि ऊँट किस करवट बैठेगा। फ़िर धीरे-धीरे नतीजे साफ़ होने लगे। तीन बजे जब अंतिम परिणाम की घोषणा हुई, तो नेता जी को जैसे साँप सूंघ गया। सिटिंग एमपी साहब मात्र 1 वोट के चलते भूतपूर्व हो गए थे। गाँव के पश्चिम टोले से ढोल-नगाड़ों की, पटाख़ों की आवाज़ आने लगी। इधर सांसद महोदय के घर में जैसे मातम पसर गया हो। सहयोगियों में हाहाकार था, रिकॉउंटिंग की बात उठने लगी। छुटभैये नेताओं के चेहरे पर हवाइयाँ उड़ रही

थीं। टीवी बंद कर दिया गया था और एमपी साहब अपने सोफ़े पर अधमरे पड़े थे। कार्यकर्ता तो जैसे शोकसभा में बैठे हों। एक गुर्गा बोला- भईया पइसा तो हम एभरी घर में बाँटे थे, कौन ससुरा फाल्स मार गया।
नेता जी दाँत पीसकर बोले- "होगा कोई हरामखोर, स्साला चूना लगा गया।"

समाप्त

फ़टे जूते

जूते, यों पहने तो पैरों में जाते हैं, पर इनके ठाठ बहुतेरे हैं। भारतीय समाज में सिर के ताज की भी इतनी पूछ नहीं होती, जितनी जूतों की होती है। कहते हैं कि इंसान की परख उसके जूतों से हो जाया करती है। किसी व्यक्ति से पहली मुलाकात में, नज़र सबसे पहले उसके जूतों पर ही जमा होती है। जूते सामने वाले की पर्सनैलिटी चेक करने का सटीक माध्यम होते हैं।

भारत के विस्तृत इतिहास में भी जूतों को विशेष दर्जा प्राप्त है। त्रेतायुग में प्रभु श्रीराम की चरण-पादुका ने ही अवध पर 14 वर्षों तक शासन किया था। युग बीतते रहे और चरणपादुका की वंशबेल फ़ैलती रही; कालांतर में इस वंशावली में सैंडिल, चप्पल और जूतों का जन्म हुआ। इन सभी में हमारा जूता प्रमुख है और ख़ासा लोकप्रिय है।

ख़ुद को त्रेता की चरणपादुका का सर्वोच्च उत्तराधिकारी बताने वाला जूता, हर जगह सीना फुलाए देखा जा सकता है। वैसे यह ख़ुमारी इसपर जँचती भी है। इस घोर कलयुग में जहाँ लोग अपने पुरखों की नाक से समझौता करते घूम रहे हैं, वह जूता ही था जिसने ऐसे गाढ़े समय में भी अपने गौरवशाली अतीत को धूमिल नहीं किया वरन और समृद्ध ही किया है। आज हमारे समाज में अगर जूतों का बोलबाला है, तो यह जूतों की जूता-घिसाई का ही सुफ़ल है। हमारे होश में, गरीबों की एक बेटी की जूतियाँ विदेश से आतीं थीं। जूती साहिबा, हमारे जूते की ही धर्मपत्नी है।

आज़ादी के बाद से, हमारे लोकतांत्रिक हलकों में भी जूतों का प्रयोग बहुतायत में देखा गया है। भरे-पूरे सम्पन्न ख़ानदान से आता है हमारा जूता। घर के सभी लोग अच्छी पोस्ट पर हैं। जैसे-जैसे मनुष्य का नैतिक पतन हो रहा है, जूतों की पूछ और इनका मान-सम्मान लगातार बढ़ता जा रहा है।

जूता हालाँकि; स्वभाव से मौकापरस्त प्राणी है। परिस्थितियों के अनुसार यह अपनी उपयोगिता तय करता है। गाँव के ऑर्केस्ट्रा में चला दिया जाता है, तो शहर के दफ्तरों में चाट लिया जाता है। रंग बदलने की अपनी इस क़ाबिलियत के चलते, जूता बड़े ठाठ से अपनी ज़िंदगी जीता है। मगर अबतक की इस रामकहानी से आप यह बिल्कुल न समझें कि जूते ने अपनी ज़िंदगी में केवल ऐश्वर्य भोगा है। अपने जीवन में इसने भी बहुत से कष्ट झेले हैं, बड़े दुर्दिन देखे हैं। शादियों में मुँह-दिखाई की रसम पर बिचारे का अपहरण हो जाता है, और चौक-चौराहों के भीड़भाड़ वाले इलाक़ों में- बलात्कार। इन्हें पहनने वाला चाहे जितना बच-बचाकर चला करे, जूते अगर नए-नवेले हों, चमकदार हों तो मुए अद-बदाकर चढ़ ही जाते हैं। लेकिन इतनी कठिनाइयों के बावजूद इसने हम इंसानों का हाथ(सॉरी पैर) कभी नहीं छोड़ा।

यह कहना गलत न होगा कि जूता, मनुष्य की जीवनयात्रा का साक्षी है। एक मिडिल क्लास आदमी अपने करियर-पथ पर जैसे-जैसे बढ़ता जाता है, जूतों की ड्यूटी भी तदनुसार बढ़ती जाती है। पहले इसे खुद को घिसना पड़ता है, फिर इसे चमकाया जाता है और तो और, कुछेक ख़ास जगहों पर इसे चलाना भी पड़ सकता है। सौभाग्यवश या दुर्भाग्यवश, अभी मैं जूते घिसने की अवस्था में हूं। घिसना क्या है, घिस चुके हैं। तीन साल पहले लोकल मार्किट में ऑर्डर देकर पूरे सात-सौ रुपए में बनवाया था इन्हें, अब घिसकर तार-तार हो चुके हैं। मेरे जैसे तारणहार ने इसे पहनकर ऐसा तारा है, कि अब हर जगह से बस तार ही तार दिखते हैं। दुकानदार ने, यों तो छः महीने की दे रहा था, पर मेरी माली हालत को और मेरी रोनी सूरत को देखते हुए, सालभर की

गारंटी दे दी थी। कुछ हमारे जूतों की ख़ासियत और कुछ हमारी-तीन साल में कभी रेख नहीं आने पायी। मगर अब बेचारे ने जवाब दे दिया है। मैंने भी ज्यादा हुज्जत करना ठीक नहीं समझा। सोचा इंसान को भी साल भर में तीन दफ़ा डॉक्टर के यहां जाना पड़ता है- ये तो फ़िर भी जूते हैं।

सो एक दिन मैंने इन्हें काली पन्नी में डाला और गाँधी चौक की तरफ़ निकल पड़ा। सुबह-सुबह की बात थी। रास्ते में एक हमारे परम मित्र मिल गए। मेरे हाथ में काली पन्नी देखकर सोचते होंगे कुछ खाने का सामान है, सो लपककर मेरे हाथों से उन्होंने पन्नी झटक ली। सामान तो वैसे खाने का ही था पर जूतों की जो दशा देखी तो मुँह बना लिया। बोले-'अबे रहम कर य्यार। ये कहाँ बनवाने ले जा रहा है? इसमें कुछ बचा नहीं है। उठाकर फेंक दे इसको और नया ले ले।"

हालाँकि वो समझदार व्यक्ति हैं। अगर चाहते तो मुझे इन जूतों को दान करने की नेक सलाह भी दे सकते थे, पर उस हालत में, इन जूतों का दान लेने वाला उल्टे मुझीको दो-चार सौ रुपए देकर कहता-' भाई, नया ले लेना।' शायद यही सोचकर उसने यह मशविरा नहीं दिया।

बात सुनकर मुझसे रहा नहीं गया। नए जूते ले लूं? अजी साहब मैंने कच्ची गोलियाँ नहीं खेलीं। बात चाहे उसने जैसी कही हो, अपन ने भी पलटकर जवाब दे दिया-'भाई रिटायरमेंट की अर्जी दी थी, पर जूतों की कर्तव्यनिष्ठा को देखते हुए इनको एक्सटेंशन मिल गया है। अब मैं क्या करूं?'

मेरे जवाब पर उसने मुझे बड़ी काइयां नज़रों से देखा, परोक्ष रूप से मुझे कंजूस कहना चाहता होगा। हम भी मगर मोटी चमड़ी के बने हैं बेटे, ठंगा फ़र्क नहीं पड़ता। क्या करें भाई, हिंदी का लेखक ठहरा-कंजूसी आदत नहीं, मजबूरी होती है हमारी।'

ख़ैर, मैं वहाँ से तेज़ कदमों से चलता हुआ सीधा मोची की दुकान पर पहुंच गया। दुकान नहीं थी। प्लास्टिक के दो बोरे बिछाकर बैठा था वो। वही उसका काउंटर था, वही उसकी कुर्सी। सामने कई

तरह के जूते रखे थे-लाल-काले-भूरे। जूतों के रंग से मिलती-जुलती डिब्बियां भी रक्खी थीं और दो-तीन छोटे-बड़े शू-ब्रश। जुलाई का महीना था और सिर पे कोई साया नहीं। उसकी ग़रीबी उसके झुर्रीदार माथे से टप-टप चू रही थी। पन्नी उसके हवाले करते हुए मैंने कहा;-' चाचा! देख लीजिये ! जहाँ-जहाँ जरूरत हो, सिलाई मार दीजिये।' चाचा ने पन्नी में हाथ डाला और जूते निकालकर सामने रख लिये। पहले तो जूतों को उलट-पलटकर बड़ी देर तक देखते रहे, फिर जब आश्वस्त हो चुके कि ये जूते अंग्रेज़ों के ज़माने के नहीं हैं, तो फिर मेरी तरफ़ देखने लगे। मैं समझ नहीं पाया कि बूढा हँसना चाहता है या रोना। मुंह घुमाकर मैं दूसरी तरफ़ देखने लगा।

बड़ी हिम्मत जुटाकर वो बोला;-'बाबू पचास रुपिया लागी।'

मैंने राहत की साँस ली। नहीं, दाम सुनकर नहीं, यह जानकर कि इनकी मरम्मत भी की जा सकती है।

जूतों की जो दशा थी, मरम्मत के वैसे तो पचास रुपये भी कम थे, फिर भी मैंने 'रेस्त्रां में टिप देने वाली और मोचियों से मोलभाव करने वाली' हम भारतीयों की शाश्वत परम्परा के अनुसार, उससे जब मोलभाव किया तो अगला चालीस पर जाकर टूट गया।

मुझे आधे घन्टे बाद आने का बोलकर, उसने जूतों में अपना सिर दे दिया।

मैं, जूतों की दशा और मोची की उम्र का लिहाज़ करते हुए, लगभग अढ़ाई घन्टे बाद पहुंचा। जूते सिलकर तैयार रखे थे। बूढ़े के हाथों में सचमुच कारीगरी थी। बेजान जूतों को प्राणदान मिल गया था। कई जगह चिप्पियाँ लग जाने के बावजूद, जूते अब चमकने लगे थे। मुझे देखते ही उसने जूते उसी काली पन्नी में डाल दिये। चालीस रुपये अदा कर के, मैं पन्नी झुलाता हुआ घर चला आया।

शाम के समय मैं अपने उसी दोस्त के पास, उसकी दुकान पर बैठा था जब मैंने देखा कि वही बूढ़ा मोची, सब्ज़ी के झोले में एकाध किलो का वजन लिये चला आ रहा है। उसके दूसरे हाथ में

एक हवा-मिठाई भी थी। गरीबों को मिठाइयाँ बहुत खट्टी पड़तीं हैं। दाल-भात-साग खाने वाले घर में जिस दिन मिठाई आ जाए, उस दिन ये मान लेना चाहिए कि आज कमाई अच्छी हुई है। मिठाई के वजन से, कमाई की रक़म तय की जा सकती है। बूढ़े ने हवा-मिठाई शायद अपने नाती-पोतों के लिये ख़रीदी है। उसकी चाल में तेजी है, और थके हुए बूढ़े चेहरे पर; घर जाने की अकुलाहट। मैं किसी सोच में डूबने लगा-किन्हीं ख़यालों में तैरने लगा। मेरा ध्यान तब टूटा जब दोस्त ने मुझे धौल मारके पूछा- "जियो शेर! बनवा ही लिया आख़िर! कितने रुपये दिये सिलाई के?"

मैंने बेफ़िक्री से कहा,-'चालीस।

उसने चौंककर पूछा-'चालीस? हँसते हुए बोला;-"साले ठग लिये गए।"

जवाब में मैं कोई लंबी-चौड़ी, वज़नदार बात कह सकता था, पर मेरे सामने अभी हवाई मिठाई के बाल उड़ रहे थी। मैंने हँसकर सिर्फ़ इतना कहा-"जाने दे।"

समाप्त

सियासत के हवाले से

जिस प्रकार आत्मा मरती नहीं है, केवल पुराने शरीर को छोड़कर नये शरीर में प्रवेश कर जाती है, ठीक वैसे ही एक सच्चा लीडर कभी मरता नहीं है। वो पुरानी पार्टी को छोड़कर नयी पार्टी में प्रवेश कर जाता है। लेकिन इस पूरी प्रक्रिया में, आत्मा बेचारी मर जाती है। आगे आप जो कुछ पढ़ने वाले हैं, उसके सम्बन्ध में पहले यह प्राक्कथन पढ़ना जरुरी था, ताकि आप बेसिर-पैर की इन बातों का सार समझ सकें। आज हम एक सभ्य समाज के दुश्मन कहे जाने वाले गुंडे-बदमाशों पर थोड़ी चर्चा करेंगे।

देखिये! चोर-गुंडों को हालाँकि एक समान श्रेणी में रखा जाता है, पर इन दोनों में बड़ा फ़र्क़ होता है। जो चोर होते हैं, वो गुंडे नहीं होते। और जो गुंडे होते हैं, वो चोर नहीं हो सकते। गुंडे-बदमाश आपको दिखाकर आपको लूटते हैं। आपकी जानकारी में आपका माल उड़ाया जाता है। कोई गुंडा या मवाली आपको धौंस दिखाके, या तमंचा दिखाके आपकी आँखों के सामने से अमुक सामान उठायेगा, और बड़े अधिकार से अपनी जेब के हवाले कर देगा। लेकिन वो कभी आपके पीठ पीछे नहीं उठायेगा। यह उनका तरीका ही नहीं है। कह सकते हैं कि उन्हें इसमें 'किक' नहीं मिलती। मगर चोरों के मामले में ऐसा नहीं होता। चोर पहले आकर आपसे जान-पहचान बढ़ायेगा। गाहे-ब-गाहे गलबहियाँ डालेगा। बात करते-करते मुस्किया देगा। आप देखकर गदगद हो

जायेंगे। अपने मन में सोचेंगे-"वाह य्यार! क्या आदमी है। कितना हँसमुख, कितना मासूम चेहरा है इसका। इधर वो खुशमिज़ाज आदमी आँखों ही आँखों में आपके माल-असबाब की रेकी करता जायेगा। दिन ऐसे ही बीतने लगेंगे। गुज़रते समय के साथ वो धीरे-धीरे आपका विश्वास जीत लेगा। आप उसकी मौजूदगी के अभ्यस्त होते जायेंगे। और फ़िर किसी दिन अचानक हादसा हो जायेगा। इधर आपकी नज़र फ़िरी-उधर आपका माल गायब। आपको समझने का भी मौका नहीं मिलेगा। यकीन ही नहीं होगा कि फलाने भाई ऐसा कर सकते हैं। पलटकर पूछें भी तो किस मुँह से। और फ़िर वो माई का लाल चोरी का माल पचाकर, हाथ जोड़े-मुस्कुराते हुए, पाँच साल बाद फिर आपकी चौखट पर प्रगट हो जायेगा। यह इन दोनों में एक प्रमुख अंतर है।

भारतीय लोकतंत्र में मुख्यतः दो तरह की पार्टियां चलतीं हैं। एक कम्यूनल और एक सेक्यूलर। कम्यूनल बन्दा तो छाती ठोंककर किसी एक कौम या जाति का वोट लेता है। गरीब-गुरबों को, मक्कार-मूर्खों को आँखें दिखाकर हड़काता है;-"हमको वोट न दिया तो देख लेना। वो लोग तुम्हारी जमीनें हड़प लेंगे, घरों में घुसकर लूटपाट करेंगे। मगर हम जीते-जी ऐसा कत्तई होने नहीं देंगे। इसे रोकने के लिए हमारे पास एक शानदार रोडमैप है। हम खुद आकर तुम्हें लूट लेंगे। उन सालों के लिये कुछ छोड़ेंगे ही नहीं। हमारे रहते तुम्हें कोई गैर लूटे, यह कैसे हो सकता है? और तुम्हारे अंदर कम से कम इतनी गैरत तो बची ही होगी, कि अपने जात-भाई के रहते किसी विदेशी लुटेरे को मलाई न खाने दो। अपने तो आख़िर अपने होते हैं। इस प्रक्रिया को हम डकैती या हफ़्ता-वसूली की अवधारणा से समझ सकते हैं। दूसरी होती हैं सेक्यूलर पार्टियाँ अथवा सेक्यूलर प्रत्याशी। ये लोग भी असल में लुटेरे होते हैं, मगर इनके लूटने का तरीका काफ़ी सात्विक होता है। ये शातिर कट्टरपंथी, अपने नाम के साथ सेक्यूलर का टंटा चिपका लेते हैं। पहले हँसते-मुस्कुराते हुए आपके दरवाज़े पर आते हैं। बोलते-बतियाते हैं। जनता को यह भरोसा दिलाते हैं कि

हम सबके हैं, हालाँकि ये अपने बाप के भी सगे नहीं होते। ये ऐसे छिछोरे आशिक़ होते हैं जो पहली ही नज़र में सबके हो जाते हैं, और आख़िरकार ख़ुद के भी नहीं होते। बहरहाल, इनका दावा है कि इनकी पार्टी हिंदू-मुसलमान में दुअक्खी अर्थात भेदभाव नहीं करती और सत्ता में आने पर ये लोग सभी वर्गों का सर्वांगीण विकास करेंगे। दलितों-गरीबों और महिलाओं की तो बात छोड़िये, वृद्धों और विधवाओं को भी नहीं बख़्शा जायेगा। हमलोग चुन-चुनकर विकास करने वाली एकमात्र पार्टी हैं। हमें बस एक बार अपना कीमती वोट देकर देखें, रोजगार के इतने अवसर पैदा करेंगे कि अर्थव्यवस्था का गर्भपात कराना पड़ जायेगा। श्रीमान! बस एक मौका देकर देखिये- वो जलवा दिखायेंगे कि आप देखने लायक ही नहीं बचेंगे। आशा है कि आपकी कृपादृष्टि हमें प्राप्त होगी।"

आप इस मक्खनबाजी से अभिभूत हो उठेंगे। रोम-रोम खड़ा हो जायेगा। हाथ जोड़कर कहेंगे-"अहोभाग्य हमारे, जो आप यहाँ पधारे! निश्चिंत रहिये, हमारे समूचे खर-खानदान का वोट आपको ही समर्पित है।" इतना सुनते ही वो हँसेगा, झेंपेगा और फिर चुपके से एक रोज़ आपका वोट लेकर रफूचक्कर हो जायेगा। काम पूरा हुआ। लूट सम्पन्न हुई। दोनों ही सूरतों में पगलैट पब्लिक को लुटना ही होता है, मगर तरीके अलग होते हैं। वोट चोरी चला जाये तो खुजली मचती है। तकलीफ़ होती है। चोरी हो जाने के बाद वोटर गला फाड़कर(गला फाड़कर ही समझा जाये) चोर को गालियाँ बकता है। श्राप देता है।- "आने दो बच्चा को अबकी बार, बताते हैं साले को।" लेकिन डकैती वाले केस में तो पब्लिक को भनक ही नहीं लगती कि ससुर को लूटा भी गया है। वो तो इसी ख़ुशी में लोटता रहता है कि कैसे-कैसे करके तो यार जान बची। भईया जी ने मरते हुए को जिला दिया। आप श्रीमान अगर सही समय पर न आते तो कौन जाने क्या हो जाता। जान बची तो लाखों पाये। नासमझ वोटर यह जान भी नहीं पाता कि नेता जी ने जान-जान कहकर बस जान ही नहीं मारी, बाकी सब

मार ले गए। वोटर गधा होता है। आजीवन नेताजी के एहसान का बोझ ढोता रहता है। नेताजी हर मर्तबा उसकी धौंस-उसी हनक के साथ वापस आते हैं, एक विशिष्ट जाति या धर्म का वोट उठाकर अपनी जेब में डालते हैं और वोटर के ऊपर उड़ती हुई नज़र डालकर, अंतर्धान हो जाते हैं। इस समूची लूट के दौरान पीड़ित वोटर, हाथ जोड़े चुपचाप खड़ा रहता है। नेता जी के नाम की माला जपा करता है और जाते समय उनकी जय-जयकार भी करता है। नेताजी जिसके ऊपर हाथ रखदें उसका कल्याण निश्चित है। लेकिन हाथ वो कहाँ पर रखेंगे यह फ़रियादी के लिंग पर निर्भर करता है। ध्यान दें कि यहाँ हम हिंदी वाले लिंग अर्थात जेंडर की बात कर रहे हैं।

अब आप यहाँ तक आ ही गए हैं तो लगे हाथ दो-चार ज्ञान की बातें और सुन लीजिये। देखिये गुरु! एक होता है नेता, और एक होता है युवा नेता। हर नेता युवा हो ऐसा ज़रूरी नहीं-मगर हर युवा को अपने यौवनकाल में एक बार नेता बनने की चुल्ल जरूर मचती है। युवा नेता बनने के लिए किसी विशेष योग्यता की जरुरत नहीं होती। जिस बन्दे को मोहल्ले के आठ-दस लोग सलाम कर देते हैं, वही युवा नेता बन जाता है। और जिस किसी महानुभाव को अगल-बगल के गली- मोहल्ले वाले, चौक-चौराहे वाले सौ-दो सौ लोग सलाम ठोंकने लगें- वो महापुरुष किसी न किसी त्यौहार में चुनावी खम ठोंक ही देता है। तत्पश्चात यह अतिउत्साही पुरुष अपनी दो कट्ठा जमीन बेचकर पर्चा भरता है, और भावी वोटरों की सेवा हेतु दारू-मुर्गे का समुचित प्रबंध करता है। 'इस बार निकाल ले जायेंगे'- इसी ग़फ़लत ने जनता के कई ईमानदार, सुयोग्य एवं कर्मठ प्रत्याशियों की ज़मानत जब्त करा दी है। आज किसी न्यूज़ चैनल पर पढ़ा कि एक पितृसत्तात्मक अवसरवादी ने पंचायत चुनावों की तारीखी घोषणा होते ही ब्याह कर डाला। विवाह एक साल बाद होना था, आदमी ने सोचा जब करनी ही है तो अभी कर डालो। आप समझने वाले समझेंगे कि

अगले का पुरुषार्थ हिलोरे मार रहा था, रात करवटों में कटती होगी लेकिन नहीं- ऐसा नहीं है। उक्त व्यक्ति काफ़ी दिनों से *परधानी* लड़ने की उम्मीदें बाँधकर बैठा था, लेकिन ऐन वक़्त पर आयोग वालों ने यहाँ से महिला सीट घोषित कर दी। अब क्या करे बेचारा! चुनाव तो लड़ना ही है, ग्रामीणों की सेवा तो करनी ही है। तो युक्ति लगायी और ब्याह रचा डाला। काल करै सो आज कर। अब पोस्टर बनवा के गली-मोहल्लों में चस्पा कर देगा। ऊपर पत्नी हाथ जोड़े खड़ी होंगी- नीचे रामपियारे। पोस्टर का मज़मून होगा-चौमुखा से ग्राम प्रधान पद के लिए ईमानदार, कर्मठ और सुयोग्य प्रत्याशी, भयानक समाजसेवी, हमारे-आपके सगे रामपियारे भइया की सगी पत्नी, कल्याणी देवी। हालाँकि कल्याणी नाम नहीं है इनका, मैंने अंदाजे से लिख दिया है। इनके पदार्पण से ही तो भइया जी का कल्याण होगा आखिर। कल्याणी देवी जी के सन्दर्भ में कुछ खास नहीं लिखा होगा, रामपियारे जी की पत्नी हैं यही इनकी योग्यता है। यही बहुत है। इसके बाद जो होगा वो ख़ालिस तमाशा है, जिसे लोकतंत्र के महापर्व के नाम से खेला जाता है। गाजे-बाजे के साथ पर्चा दाख़िला की सवारी निकलती है। भाभीजी अपना नौलखा पहनकर अपनी नौलखी गाड़ी में स्थान ले चुकी हैं। भइया जी के बैठते ही काफ़िला निकल पड़ता है। गाँव के खलिहर नौजवान अपनी-अपनी बाइकों में मुफ़्त का तेल भराकर जयघोष करते हुए निकलने लगते हैं। अगले सीन में उस ब्लॉक को दर्शाया जायेगा, जहाँ पर्चा दाख़िला किया जाना है। बीसियों गाड़ियाँ धड़धड़ाती हुई आकर गेट पर रुकती हैं। कल्याणकारी दंपति अपनी स्कोर्पियो से निकलकर, अपने समर्थकों को लक्ष्य करके हाथ हिलाते हैं और फ़िर रौबीले कदमों से अंदर की तरफ़ प्रस्थान कर जाते हैं। इनके कुछ खासमखास भी इनके पीछे-पीछे चल देते हैं। इस दरम्यान बाकी के खलिहर नौजवान अपनी सुकुमारी भाभी को दसवीं पास भइया जी के भरोसे छोड़कर, भइया जी को दो-चार निरुत्साहित सिपाहियों के भरोसे छोड़कर, सिपाहियों को एक अफ़सोसनाक

अफ़सर के भरोसे छोड़कर तथा अफ़सर को सत्यानाशी सिस्टम के भरोसे छोड़कर अगली गली का रुख़ कर लेते हैं- जहाँ हमारे भावी प्रधान द्वारा शराब और कबाब की बेहतरीन व्यवस्था की गई होती है। आधे घंटे की माथापच्ची के बाद पर्चा दाख़िला की प्रक्रिया विधिवत सम्पन्न होती है। इसकी सूचना पाते ही भईया जी के जुझारू समर्थक; धरती को अबीर-गुलाल से पाट देते हैं। यह भारतीय लोकतंत्र की होली है, जिसमें अबीर के दाम में कबीर बिकता है, और गुलाल के दाम में जमाल। अब यह जनसैलाब वापस घर की तरफ़ कूच करेगा। वापसी का बिगुल बजते ही वे सभी नौजवान जो बगल वाली गली में स्थित देसी मधुशाला में बैठकर, ग्राम विकास अधिकारी की हैसियत से, गाँव के सम्यक विकास पर सार्थक बहस कर रहे होते हैं, एक जबर्दस्त डकार लेते हैं। इस भीषण गर्जना से सत्ता के गलियारे काँप उठते हैं, दमन की सीढ़ियाँ भरभराकर ढह जाती हैं और अधर्मी का सिंहासन डोलने लगता है। इसके बाद ये थके-हारे अर्थशास्त्री मदमस्त चाल से चलते हुए आकर अपने-अपने वाहनों पर सीटारूढ़ हो जाते हैं और चूँकि इन्होंने लोकतंत्र के महापर्व में ही यह स्वर्गिक-सुख भोगा है अतएव भारत में लोकतंत्र की महत्ता पर चर्चा करते हुए अंततोगत्वा अपने-अपने घरों को लौट जाते हैं। इनमें से अधिकांश युवाओं की बोर्ड परीक्षाएँ या तो चल रही होती हैं, या शुरू होने वाली होती हैं। मगर ये निश्चिंत इसलिये हैं क्योंकि अब ये नौनिहाल 'राजतांत्रिक व्यवस्था के बनिस्बत लोकतांत्रिक व्यवस्था के लाभ', और 'निष्पक्ष चुनावों की आवश्यकता' पर कॉपी के आठ-दस पन्ने तो आराम से रँग सकते हैं।

पर्चा दाख़िला तो हो चुका, अब गाँवभर में घूमकर वोट माँगना होगा। यह सचमुच एक कष्टसाध्य प्रक्रिया है। प्रत्याशियों को चुनाव जीतने के लिए एड़ी-चोटी का जोर लगाना होता है। पैरों का पसीना नाक से चूने लगता है। कितनी कठिन साधना करनी पड़ती है। कैसे मुश्किल हालातों से जूझना पड़ता है। मजबूरी में जा-जाकर किस-किस को भईया कहना पड़ता है। किस-किस के

चरण पखारने पड़ते हैं। यह कोई अतिशयोक्ति नहीं कि काम पड़ने पर बाप को गधा बनाने वाली कहावत किसी पंचायत चुनाव के दौरान ही गढ़ी गई होगी। मई-जून की तपती दुपहरी हो या दिसम्बर की कड़कड़ाती ठंड, प्रत्याशी बेचारा घूम-घूमकर एक बार सेवा का मौका देने की याचना करता है। कभी जिस गली से होकर गुज़रने में भी उसे पातक लगता था, जिनकी सूरत देखने भर से बदन का ताप चढ़ जाता था, अब ऐसे घरों की न केवल दहलीज़ लाँघनी पड़ती है बल्कि घर के बड़े-बुजुर्गों की टाँग में झूले भी डालने पड़ते हैं। गाँवभर में घूम-घूमकर लड़कियों की चाल से उनका चरित्र बताने वाले लंपट भी ऐसे निष्कामी हो जाते हैं, कि घूँघट में अगर खुद की बीवी लाकर खड़ी कर दो तो चाची कहकर चरणों में लोट जायेंगे। इस दौरान हालाँकि वोटरों की मौज हो जाती है। चुनाव प्रचार के दिनों में ही जनता को अपने जनार्दन होने का अहसास होता है। एक परधानी के चुनाव में लोग पुश्तों की दुश्मनी निकालते हैं। बख़शा किसी को नहीं जाता। बेचारा प्रत्याशी दरवाज़े पर पहुँचा नहीं कि ताने मिलने लगते हैं- "तोहरे बाबा एक बेर बेटा हमरी बकरी मुआए देले रहलें। बताव हम का करीं?" तीन दशक पहले दिवंगत दादा द्वारा एक बकरी को दिवंगत कर देने पर पोते का फ़र्ज़ क्या बनता है? पहली बार में देखने पर मामला आईपीसी अथवा एनिमल क्रुऐलिटी का लगता है, बावजूद इसके स्वयं अंतर्राष्ट्रीय न्यायालय भी इस मामले में सटीक फ़ैसला नहीं कर सकता। मगर हमारा बुद्धिमान प्रत्याशी तुरंत इस कथन का आशय समझ जाता है, और पाँच हजार रुपये बतौर हर्जाना चच्चा के चरणों में डालकर लौट जाता है। इतना ही नहीं, भविष्य में भी मुर्गा और दारु से यथासम्भव मदद करने का आश्वासन दिया जाता है। इस दंडराशि से आश्वस्त होकर मतदाता मुस्कुराते हुए प्रत्याशी को उठाता है, उसके धूल से सने कुर्ते को झाड़ता-पोंछता है और 'देख लेने' का भरोसा देकर उसे विदा कर देता है। तदुपरांत बाबा और बकरी वाली यही कहानी अगले प्रत्याशी को सुनाने के लिए, उसका इंतज़ार करने लगता

है। एक ही वोटर अपने इकलौते वोट की क़ीमत हर प्रत्याशी से वसूल कर सकता है। परिवार में वोटरों की कुल संख्या के हिसाब से रेट तय किये जाते हैं, वोटों की खुलेआम सेल लगती है। इतनी तिकड़मों के बावजूद कोई प्रत्याशी यह शर्तिया नहीं कह सकता कि जीत हमारी ही पक्की है। लेकिन कर्म अकारथ नहीं जाता। मेहनत का फ़ल तो मिलता ही है। हारने वाले का चाहे दिवाला पिट जाता हो, मगर जीतने वाले के घर में फिर कुबेर वास कर जाते हैं। तुम्हें एक लाख देकर वो दस लाख भुनाता है। खटारा स्प्लेंडर से चलने वाले के दरवाजे पर रात की रात में चमचमाती फॉर्च्यूनर खड़ी हो जाती है। जनता को अपने दिये गये आशीर्वाद पर खुद भरोसा नहीं होता। बुड्ढों को यही बात हजम नहीं होती कि आखिर सुर्ती खाके दिया गया वरदान फलीभूत कैसे हो सकता है? बेचारे शाम के समय खटिया पर लेटे-लेटे मंथन करते रहते हैं,-'बानी पर एतने सुरसती बिराजी थीं तो अपने ख़ातिर भी माँग लेते- लखनवा को बर दिये, बिधायक हो गया।' सबके भाग्य लेकिन ऐसे ही नहीं सँवर जाते। चुनावी महासमर में अच्छे-अच्छों का लँगोट ढीला हो जाता है। युद्ध में जो अंत तक टिका रहता है, वही विजेता बन सकता है। गिरने पर धूल झाड़कर फ़िरसे खड़े हो जाने और बेहयाई से दाँत फाड़ने की कला ही राजनीति है। मतदाता की टाँग से चिपटकर दूर तक घसीटे जाने की सहनशक्ति ही राजनीति है। गरीबों की सेवा करते-करते रातोंरात अमीर बन जाने का कौशल ही राजनीति है। पाँच महीने जनता के पीछे घूमकर, फ़िर पाँच सालों तक जनता को अपने पीछे घुमाने का हुनर राजनीति है। तप-त्याग और आस्था का नाम ही राजनीति है।

राजनीति बहुत ऊँची चिड़िया का नाम है। जिनका रॉकेट साइंस में ही दम फ़ूलने लगता हो, ऐसे अल्पज्ञानी पॉलिटिकल साइंस को कभी समझ नहीं पायेंगे। इसका सिलेबस अथाह है, अनंत है। एक नेता वैज्ञानिक तो बन सकता है, मगर एक वैज्ञानिक कभी नेता नहीं बन सकता। आप सोच रहे होंगे कि यह कैसे हो सकता है?

क्या ये संभव है कि कोई नौवीं फ़ेल राजनेता किसी वैज्ञानिक की जगह ले सके? अजी मैंने कहा बिलकुल संभव है। नेता क्या करता है, वादे ही तो करता है। जो काम राजनीति के क्षेत्र में कर रहा है, वही काम शोध और अनुसन्धान के क्षेत्र में कर देगा। कौन सी बड़ी बात है। जब देश को किसी नई तकनीक की ज़रूरत पड़ेगी, झट से कह देगा-" श्रीमन! अभी बनाकर देता हूँ। इस क़ायदे से एकाध महीने तो काट ही देगा। फ़िर रिपोर्ट लगेगी, नेता जी को लाइनहाजिर किया जायेगा। जवाबतलब होगा-"क्यों भई? नई अदृश्य पनडुब्बी का काम कहाँ तक पहुँचा? प्रोग्रेस रिपोर्ट में तो य्यार स्टार्ट भी नहीं दिख रहा?"

"अरे सर, क्या बतावें। बस उसी पे लगे थे। आइडिया बनाके रेडी कर दिया है। दरअसल वो बीच में सर्दियों की छुट्टियाँ पड़ गयीं तो काम ठप्प था। आप तो जानते ही हैं। बस ये अभी शीतकालीन सत्र शुरू होने वाला है। फिर देखिये आप काम की तेजी। भारत माता की कसम वो चीज़ तैयार कर देंगे कि दुश्मनों के छक्के छूट जायेंगे। बस आप हमारे रेलवे पास का थोड़ा बंदोबस्त करवा दीजियेगा।"

-"अरे उसके लिए भई आप निश्चिंत रहिये। बस आप जल्द से जल्द पनडुब्बी तैयार कर दीजिये।"

ऐसे ही तीन महीने फिर गुज़रेंगे। फिर हाई लेवल बैठक होगी। हमारे नवोदित साइंटिस्ट दाँत चमकाते हुए प्रगट होंगे। हॉल में मौजूद सभी लोगों को देखकर सलाम बंदगी करेंगे। हेड साहब गुस्से में तमतमा रहे हैं- सलाम नमस्ते से काम नही चलने वाला। नेता जी जाकर सीधे चरणों में लोट जायेंगे। साक्षात दण्डवत।

-"अरे-रे। अरे उठिए भाई। ये क्या बात हुई?"

-"नहीं साहब! अब बर्दाश्त नहीं होता।" इतना कहकर नेता जी अपनी झक सुफेद रुमाल निकाल लेंगे और अपने नयन-नीर पोंछते हुए अपनी व्यथा कहने लग जायेंगे।

-"बात तो हुई है। बात तो होनी ही चाहिए। आज जब (सुबुक) देश को (सुबुक) हमारी सबसे ज्यादा ज़रूरत है सर, तो ये स्साला (क्षमा करें) ये विपक्ष हमको काम नहीं करने दे रहा सर।

-"क्या? विपक्ष काम नहीं करने दे रहा? अरे, लेकिन हमने तो आपको पूरी पॉवर दे रक्खी है। आपके हाथ में तो फुल कमांड है। तब ये विपक्ष का क्या लोचा है?" हेड साहब ने कंधे पर हाथ रख दिया है। बाकी लोग भी अचरज में पड़ गए हैं। 'बताइये! क्या बदतमीजी है। अगला काम कर रहा तो विपक्ष काम ही नहीं करने दे रहा। ये तो सीधा देशद्रोह का मामला है। इस देश में तो विपक्ष साला होना ही नहीं चाहिए।'

अबतक गोटियाँ सेट हो चुकीं हैं। तमाशबीन दम साधे खड़े हैं। नेता जी माजरा समझाने लगते हैं।

-"बात सर ये है कि पॉवर तो मेरे हाथ में है, पर उसको लागू करने का काम तो इसी विपक्ष का है। मैं डिजाइन तैयार करके देता हूँ, ये ससुरा भरी संसद में फाड़कर फेंक देता है। बोलता है, दिस इज शिट! माने यह टट्टी है।"

-"ब-अब नहीं-नहीं जी। वो शिट माने बकवास भी होता है।

-"होता होगा सर्। देशहित के काम में रोड़ा अटका रहा है यह विपक्ष। इसका कोई ठोस समाधान नहीं निकला तो हम आमरण अनशन कर देंगे। बताइये भला, कोई बात हुई। हम तो यहाँ रात-रात भर आँखें फोड़के डिजाइन पे डिजाइन दिये जा रहे हैं और ये, ये विपक्ष एक झटके में उसको बकवास बता के फाड़ देता है।

-"अच्छा, अच्छा! आप चुप हो जाइये। हम इस विपक्ष का कुछ बंदोबस्त करते हैं। राज्यपाल बदलके देखें?

-"सर! आप राज्यपाल बदलिये चाहिए लोकपाल बदलिये। कुछ न कुछ तो करिये इसका।

-"ठीक है-ठीक है। हम विपक्ष को सँभाल लेंगे, लेकिन आप जल्द से जल्द इसको फ़ायनल करके दीजिये। हमारे इंटेलिजेंस की रिपोर्ट है कि रुस भी इसपे काम कर रहा है। हमलोगों ने अगर जल्दी बनाकर लॉन्च कर दिया तो विदेशों में एक्सपोर्ट करने का भी ऑफ़र है। तो जरा जल्दी रहे।"

-"बस सर अब आप एकदम निश्चिंत रहिये। आधा काम तो हो ही चुका, आधा और हुआ समझिये। दिनरात एक कर देंगे। जी जान लड़ा देंगे। आज इसी धरती पर खड़े होकर, सीना ठोंककर शपथ....

-"अरे, नेता जी। रहने दीजिये। ये शपथ वगैरा की ज़रूरत नहीं है। आप बस काम पर ध्यान दीजिये।-"

-"जो आज्ञा सर। चलते हैं सर।" फिर दो महीने गुज़र गए।

-"और नेताजी? अब तो बन गयी होगी भई? पूरा साल निकाल दिया आपने धीरे-धीरे।"

-"बिलकुल रेडी है सर। बनके तैयार खड़ी है अपने यार्ड में।"

-"तो चलिये फिर, दर्शन कराइये।"

-"अभी कैसे सर।"

-"क्यों भई, बन गयी है तो देखने में क्या हर्ज है?"

-"अरे सर! अदृश्य पनडुब्बी है न। बिना पासकोड डाले दिखेगी कैसे महाराज!"

-"अच्छा हाँ! तो पासकोड डालिये फिर।"

-"पासकोड हमारे पास है कहाँ सर। पासकोड बहुत सीक्रेट चीज़ होती है ना। तो उसमें जबरदस्त लॉक लगवाने के लिए हाई सेक्युरिटी की ज़रूरत थी। कोई ऐसी एजेंसी चाहिए थी जो इस पूरी योजना को गुप्त रखकर काम करे। मुझे कुछ ऐसे लोगों की ज़रूरत थी जो अपने काम के प्रति पूरी तरह से समर्पित हों। काम को करते हुए उसमें इतना डूब जाते हों कि दीन-दुनिया से बेखबर हो जायें। सिर पर चाहे भयंकर प्रेशर हो, चीखते-चिल्लाते हुए पागलों की टोली से घिरें हों मगर कान पे जूँ तक रेंगनी नहीं चाहिए। और सर! तब जाकर मुझे एसबीआई वालों का ख़्याल आया। कितनी संजीदगी-कितनी तल्लीनता से ये लोग अपना काम करते हैं। कीबोर्ड के एक-एक बटन को इतने इत्मीनान से टीपते हैं-जैसे एटम बम का बटन दबा रहे हों। लाइन में खड़ा कस्टमर कष्ट से जबतक मर नहीं जाता, तबतक पट्ठे का नंबर नहीं आने देते हैं। निकासी का पैसा लेते हुए ससुर ऐसा नतमस्तक हो जाता है मानो लोन का पैसा ले रहा हो। हम समझ गए कि हमारा काम तो यहीं बन सकता है। तो सर- पासकोड तैयार करने का ठेका हमने एसबीआई वालों को दे रक्खा था।"

-"अच्छा? अच्छा तो अब मँगवा लीजिये।-

"आयेगा सर। सुबह बोलके आये थे मैनेजर को। बोला कि सीधे-सीधे नहीं बता सकते। एन्क्रिप्टेड मैसेज जायेगा ओटीपी के रूप में। उसी ओटीपी का इंतजार है बस। अब आया कि तब आया।"

गुप्त सूत्रों से खबर मिली है कि इस घटना को तीन दिन बीत चुके हैं, पर सर्वर की गड़बड़ी होने की वजह से अभीतक एसबीआई की तरफ़ से ओटीपी नहीं आ सका है।

समाप्त

रंगभेद

मोहन के पिताजी पिछले महीने; घर में सफ़ेद चूहों की एक जोड़ी ले आये थे। एक नर, एक मादा। इनका वैज्ञानिक नाम क्या है, ये किस नस्ल के हैं, अब यह तो नहीं मालूम, लेकिन दोनों हैं बड़े ख़ूबसूरत। मोहन को इतने भर से ही मतलब है। उसे उछलते-कूदते हुए ये चूहे बहुत अच्छे लगते हैं। चाबी वाले खिलौनों में चाबी देने का झंझट होता है। और चार्जिंग वालों में बिजली की समस्या। ये खिलौने किफ़ायती हैं। घर की जूठन में भी इनका गुज़ारा हो जायेगा। अब यही दोनों सफ़ेद प्राणी उसके मन बहलाने का साधन हैं। दिसंबर का महीना है। हल्की ठंड पड़ रही है। लेकिन दोपहर में अच्छी धूप खिल जाती है। छुट्टियों के दिन में मोहन अपने चूहों को पिंजरे सहित उठाकर बाहर गुनगुनी धूप में रख दिया करता है। और रात की बची हुई बासी रोटी के महीन टुकड़े करके; पिंजरे में डाल देता है। दोनों बड़े मज़े से धूप सेंकते हैं, और कुतर-कुतर के रोटियां खाया करते हैं। चूहों की किस्मत अच्छी हुई तो कभी-कभार उन्हें ब्रेड भी नसीब हो जाता है। मगर यह 'ट्रीट' भी, मम्मी के मूड पर निर्भर करती है। आज सण्डे है। आँगन की धूप में चूहों का घरनुमा पिंजरा रखा हुआ है। चूहे रोटी के एक टुकड़े के लिए धमाचौकड़ी कर रहे हैं। अचानक अंदर से मोहन आता दिखाई पड़ता है। उसके हाथ में एक चूहेदानी है, जिसमें एक काला-मोटा चूहा बंद है। मोहन चूहेदानी को सफ़ेद चूहों के पिंजरे से कुछ दूरी पर, छाँव में रख देता है। ठीक उसी समय घर के अंदर से मम्मी की आवाज़ सुनाई पड़ती है-"ले जाके

बाहर छोड़ दे। पटरी के किनारे। महीने भर से नाक में दम करके रखा है बदमाश ने।"

-"ठीक है !" मोहन ने अनमने ढंग से जवाब दे दिया। दरअसल, वो अभी इसे मुक्ति देने के पक्ष में नहीं है। अभी दिन के उजाले में वो कुछ देर तक इससे जी बहलायेगा। और फ़िर, जैसा कि वो हमेशा करता आया है- रात में चुपके से बाहर ले जाकर मुहल्ले के आवारा कुत्तों के सामने छोड़ देगा। इधर चूहेदानी का मुँह खुला, उधर भूखे कुत्ते; चूहे पर टूट पड़े। पलक झपकने की देर में, मूस महाराज की देह का तिया-पाँचा हो जायेगा। जो भी चूहे मोहन के हाथ में पड़ जाते हैं, उन बेचारों की यही गति होती है। मोहन अभी अपने सफ़ेद चूहों के साथ खेल रहा है। चूहे चिंचिया रहे हैं। उधर चूहेदानी में बंद काला चूहा, इस खेल को विस्मय से देख रहा है। उसे शायद उम्मीद है कि यह दयावान मानव, अभी उसके साथ भी खेलेगा। इस अकुलाहट में वो भी चिंचिया देता है। इस अन्जानी चिंचियाहट से मोहन का ध्यान बँट गया। वो सफ़ेद चूहों को छोड़कर खड़ा हो जाता है। उसने जाकर हैंडपंप से एक मग में पानी भरा और अब वो चूहेदानी के बिल्कुल नज़दीक आकर खड़ा हो गया है। चूहा आशाभरी नज़रों से ऊपर की तरफ़ देख रहा है। और ठीक तभी, ठंडे पानी की एक पतली सी धार उसकी देह को चीरने लगती है। चूहे की चिंचियाहट और भागदौड़ के बावजूद मोहन; मग को पूरा खाली कर देता है, और फ़िर किनारे हट जाता है। चूहा सिर से पैर तक भीग चुका है। उसे इस बात का अंदाज़ा नहीं था। यह कैसा खेल हुआ। इतनी सर्दी में इतना ठंडा पानी। उसका दिमाग भन्ना उठता है। अपने नन्हें शरीर को झटक के वो पानी झाड़ने लगता है। अपने छोटे-छोटे हाथों से वो अपने सिर का पानी पोंछने की कोशिश कर रहा है। मोहन बड़े इत्मीनान से देखता है। खेल का पहला लेवल पूरा हुआ। अब वो रात का इंतज़ार करेगा। खेल के अगले और अंतिम लेवल को अन्जाम देने के

लिए। तबतक के लिये, वो इस चूहे को इसके हाल पर छोड़ देगा। ऐसा सोचकर मोहन बाहर निकल जाता है।

कैदी को कँपकँपी लग गई है। छाँव में रखे जाने से ठिठुरन पैदा हो रही है। ठंडे पानी की गलन और ऊपर से सर्द हवा, उसके जिस्म को काट देने पर उतारु है। ठीक-ठीक तो नहीं कह सकते-पर शायद उसे अपनी नियति का आभास हो गया है। उसकी काली-चमकीली आँखों में, मौत को आकार लेते हुए देखा जा सकता है। कुछ क्रोध से, कुछ भय से और कुछ ठंड से उसके दाँत बज रहे हैं। दाँत किटकिटाते हुए वो बगल के पिंजरे में खेलते अपने श्वेत सजातियों को देख रहा है। उसके मन में अनगिनत सवाल हैं।

"दुनिया से रंगभेद अभी ख़त्म नहीं हुआ"-वो सोच रहा है।

समाप्त

गन्दी ज़बान

फ़रवरी की खिली धूप। फागुनी बयार बह रही है। सड़क किनारे खेलते हुए बच्चे। गरीबों के, भिखमंगों के, धूल में सने हुए बदमाश बच्चे।

-"हरे चोरवाSSS! मर जइबे रे सारे! ऐ कलुओ, चूतिया सारे।-

"मार दोगलवा के"

आठ साल का एक लड़का सड़क के इस पार खड़ा होकर बड़े गौर से इन बच्चों को देख रहा है। ये बच्चे उसके साथ नहीं खेलते। वो इन बच्चों के साथ नहीं खेल सकता। ये घिनौने, मैले-कुचैले बच्चे उसके सामने होते हुए भी, उसकी पहुँच से बहुत दूर रहते हैं। सड़क के उस पार, ताड़ और लिपस्टिक के लंबे-लंबे पेड़ों के उस पार। रेलवे की ज़मीन की घास छीलकर, चार-चार हाथ की दूरी पर कीलें गाड़कर, चंद रस्सियों की मदद से बरसातियाँ तान दी गयीं हैं। इस व्यवस्था को उसमें रहने वाले बाशिंदे अपना 'क्वाटर' कहते हैं, मगर हम इन फटेहाल तंबुओं को कोटर कह सकते हैं। इन कोटरों में अलग से खिड़कियां-रौशनदान निकालने की ज़रूरत नहीं पड़ती- धूप, अंधड़ और बारिश के थपेड़ों की मार से इनमें खुद ब खुद निकल आते हैं। ऐसे दस-बीस कोटरों की यहाँ पूरी बस्ती है। बंजारों की बस्ती। भिखमंगों की बस्ती। करतब दिखाकर, कागज़-पन्नी बीनकर, भीख माँगकर गुज़ारा करने

वालों की बस्ती। कभी-कभार मौका लगने पर ये मार्केट की भीड़-भाड़ वाली दुकानों में हाथ भी साफ़ कर लेते हैं। इस बस्ती को हम मानवों की बस्ती ना कहकर सेमी-ज़ू भी कह सकते हैं, या मैन-मेड इकोसिस्टम। यहाँ इंसान और जानवर नितांत सहचरी में वास करते हैं। इन गरीबों के दरवाज़े सभी के लिए खुले रहते हैं, जिनके जरिये साँप-बिच्छू और गोजर निर्बाध आवागमन करते हैं। इनके बच्चे कुत्ते-बन्दरों और छुट्टा गायों के साथ भी मगन होकर खेलते हैं। पर्यटक अगर यहाँ आ सकें तो वे यह जान पायेंगे कि गरीब होना, कुदरत के कितना नज़दीक होना है। इन घरों की किशोरियाँ और जवान औरतें नाइट शिफ्ट में काम करतीं हैं और दूर-दराज की आवासीय कालोनियों से एकांतवास के लिए आने वाले नौजवानों की सेवा करतीं हैं। इस तरह वर्क फ्रॉम होम कल्चर के माध्यम से, ये भी परिवार की जीविका में अपना परस्पर सहयोग देती हैं। घरों के मर्द, नज़दीकी जौहरी कलां थाने के डिफ़ॉल्ट अभियुक्त हैं। थाने के पाँच किलोमीटर तक के दायरे में चोरी-छिनैती,झपटमारी, हत्या और बलात्कार के जितने भी मामले होते हैं, ये भले मानस बड़े यंत्रवत ढंग से पुलिस जीप में बिठा लिये जाते हैं। जीप का प्रबंध न होने पर इन्हें बाइक में दो सिपाहियों के बीच में दाब लिया जाता है। कई दफ़ा तो ये कर्मयोगी वाहन का भी मुँह नहीं देखते, और सरकार का आदेश पाते ही पैदल ही थाने के लिए कूच कर जाते हैं। कुछ मामलों में ये अपराध कुबूल करते हैं, और सरकारी मेजबानी का आनंद लेते हैं। कुछ अन्य मामलों में, बंद मुट्ठी से जमानत राशि भरकर ये वापस आ जाते हैं। महीने-दो महीने में थाने से दो-चार सिपाही, चोरी गये सामानों की तलाशी लेने इनके पीछे-पीछे घर तक चले आते हैं। ऐसी स्थिति में, घर के मर्दों और बच्चों को बाहर निकाल दिया जाता है। सड़क के इस तरफ़, जहाँ यह लड़का रहता है और सड़क के उस तरफ़; जहाँ यह बेमिसाल बस्ती है, दो अलग-अलग संसार बसते हैं। यह चार हाथ चौड़ी सड़क वो सरहद है, जो इन दोनों संसारों को अलग करती है। यही सड़क, इस लड़के की यानी

हमारे वंश की लक्ष्मणरेखा है, जो उसके बाप-दादा ने, उसके स्कूल ने, उसके समाज ने खींच रक्खी है। वंश सड़क के इस पार खड़ा है। सड़क से लगा हुआ यह इकलौता दुमंजिला घर है। घर के बाहर पेड़-पौधे लगाये गए हैं। नीम का एक पेड़ भी है। घर के बगल से होकर एक पगडंडी जाती है, जिसका रास्ता बहुत दूर किसी दूसरी सड़क पर निकलता है। लेकिन बीच पगड़ंडी से उतर कर जो कच्ची सड़क दाहिनी तरफ़ मुड़ती है, वहाँ भी कुल तीन घर ही हैं। दो घरों में तो लड़के-बच्चे नहीं हैं। तीसरे घर में एक लड़का रहता है, लेकिन वंश की उस लड़के से पटरी नहीं खाती क्योंकि वो वंश से उम्र में काफ़ी बड़ा है। उसकी उम्र के बच्चे तो यही हैं, जो अभी नंग-धड़ंग दशा में माटी में लोट रहे हैं। उसे बालमन को अभी यह समझ नहीं आता कि उसके बाबा उसे इन्हीं बच्चों के साथ खेलने क्यों नहीं देते। उसका बड़प्पन उसे बहुत तुच्छ लगता है।

वंश के पिता जी चूँकि एक सामाजिक प्राणी हैं, इसलिये घर-बार के मसलों से कटे-कटे से रहते हैं। भाषाविद हैं। इन्हें भाषाओं के दौरे आते हैं। पहले शुद्ध हिंदी बोलने के बड़े शौकीन थे। मगर एक बार किसी पत्रकार की शोक सभा में, 'संजोग' को 'संभोग' बोलके चले आये थे। जूते नहीं पड़े, यही ग़नीमत रही लेकिन किरकिरी बहुत हुई थी। इस अपमान से खिन्न होकर इन्होंने 'निजभाषा' का त्याग कर दिया और आजकल बोलचाल के लिए देहाती इंग्लिश का ही प्रयोग करते हैं। अब देखना होगा कि अंग्रेजी में किसी दिन ऐसी ही दुर्घटना हो जाने पर, किस भाषा में शिफ़्ट करेंगे। फ़िलहाल आम के पेड़ तले खड़े होकर, नीम की दातुन से दाँत घिस रहे हैं। इन्हें बेटे की संगत-कुसंगत से कोई ख़ास फ़र्क नहीं पड़ता। बाबूजी, यानी वंश के बाबा इस वक़्त घर में कहराम मचाये हुए हैं। बहस का या कहें कि चिंतन का विषय यह है कि वंश की बोलचाल बिगड़ गयी है। पिता को समाज सुधारने से फ़ुर्सत ही नहीं कि बीवी-बच्चों पर ध्यान दें। बीवी से मुलाक़ात सिर्फ़ 'काम' के समय होती है, और बेटे से केवल तब मिलते हैं जब

उसे स्कूल छोड़ने जाना हो। घर के कर्ता-धर्ता जो कुछ भी हैं सब इनके पिताजी ही हैं। वही इस समय वंश के हालात पर आख्यान दे रहे हैं।

-"गलत संगत है इसकी। गली-मोहल्ले के लफंडूशों की भाषा सीख रहा है। घर में किसी के मुँह से साला तक नहीं निकलता, लेकिन कोई सुनेगा तो यही न कहेगा कि संस्कार खराब हैं। अबाड़ी-कबाड़ी के बच्चों के साथ रहेगा तो और क्या सीखेगा। देखो-देखो, कैसी-कैसी गाली बक रहे हैं चोट्टे, और कितने मगन होकर सुन रहा है हमारा लाडला। यही सब तो सीख रहा है। यहाँ तो फ़िर भी प्रत्यक्ष है, इस्कूल-उस्कूल में तो पता नहीं कौन-कौन जात के बच्चे आते हैं। किसके साथ बैठता है, खेलता-कूदता है-क्या पता।"

शिक्षित-कुलीन घरों में मर्यादा का विशेष ख़याल रखना पड़ता है। बूढ़े-बुजुर्ग चाहे खुद कितने भी पारंगत क्यों न हों, कभी नहीं चाहेंगे कि घर के बच्चे गालियों में प्रशिक्षित हों। इसका मूल कारण हालाँकि यही है कि हमारे आधुनिक ज़माने में, शिक्षित और शालीन युवाओं के लिए गाली किसी काम की नहीं होती। लेकिन बहुत कम विद्वान ही यह जानते हैं कि गालियाँ हमारे आम जीवन के निर्दोष निर्वहन के लिए कितनी आवश्यक हैं। गालियाँ हमारे अंतर् की वेदना को व्यक्त करने का एक सशक्त माध्यम हैं। कहने वाले के दिल से बोझ उतर जाता है, एक विशेष ढंग की आत्मिक शांति मिलती है। सुनने वालों के लिये भी गालियाँ; खासी लाभदायक हैं। यही कारण है कि शरीफ़ शहरातियों के मुकाबले, गाँव के ठेठ हुड़दंगियों का स्वास्थ्य और जीवन प्रत्याशा कहीं बेहतर होती हैं। गालियाँ, गरीबों के लिये विटामिन सी का काम करती हैं। चाहे कड़वी लगें पर चित्त प्रसन्न रखती हैं। लेकिन आज इनकी उपयोगिता पर जो प्रश्नचिन्ह लग रहा है तो उसकी वजह है इन गालियों की सार्थकता, इनकी बनावट। सदी बदल गई। पीढ़ियाँ बदल गईं। समय-ज़माना बदल

गया। लेकिन गालियों के शब्द-विन्यास में कोई परिवर्तन नहीं आया। न उन्नति-न अवनति। किसी माई के लाल ने इनकी सुधि नहीं ली। किसी को तो सोचना चाहिए था- कि मॉडर्न ज़माने के हिसाब से इनमें भी कोई तब्दीली लानी चाहिए। हालाँकि कुछ नई प्रतिभाओं ने अंग्रेजी के कुछ नए शब्दों की ईजाद की है, मगर मदरफ़.. बास्टर्ड आदि गालियों में वो रस ही नहीं आता। गाली देने वाले और गाली सुनने वाले के मन में समान रूप से भाव उपजें तो बात बने। गाली जिस भाव से दी जा रही हो, उसी भाव से स्वीकार भी की जानी चाहिए। दूसरे इसमें शिक्षा भी एक बड़ा रोड़ा है। अंग्रेजी जानने वाला अंग्रेजी में गालियां बककर खुद की तसल्ली तो कर ले, मगर खाने वाले के पल्ले ही न पड़ें तो गाली बकने का फ़ायदा क्या। अंग्रेजी गालियों का मज़ा चखाने के लिए, पहले पूरे देश को अंग्रेजी सिखानी पड़ेगी। सरकार की नई शिक्षा नीति के बावजूद यह अभी दूर की कौड़ी है। तबतक के लिए, हमें इन्हीं शुद्ध देशी-मेड इन इंडिया गालियों से काम चलाना होगा। क्योंकि हमारी इन देशज गालियों में ऐसी कोई भाषायी बंदिश नहीं है। इसे अमीर-गरीब, शिक्षित-गँवार समान रूप से सुन और समझ सकते हैं। ख़ैर, इतनी सब बातों में हमलोग पटरी से उतर गये। आइये देखें, बाउजी की बैठक का निष्कर्ष क्या निकलता है।

वंश की मम्मी अभी कत्थई पर्दे की ओट में खड़ी हैं। धर्मनिष्ठा-कर्तव्यपरायणा व पतिव्रता सास, बाउजी के बगल में बैठी हैं। लेकिन वो घर के फ़ैसले नहीं लेतीं, श्रोता मात्र हैं। इन्हें सही-गलत बात पर केवल सर हिलाने के लिये बिठाया जाता है।

-'बहूरानी, इसको न हो तो मायके भेज दो। प्रिंस का लड़का इसका हमजोली है, अच्छी पटरी भी खाती है दोनों की। क्या तो नाम है..''
-'मोहित।' बहूरानी ने याद दिलाया।

-"मोहित। हाँ मोहित। बड़ा सीधा बच्चा है। बोलचाल-हावभाव से मालूम पड़ता है कि ऊँचे घर-खानदान का लड़का है। अच्छे घर-परिवार का है। वहीं भेज दो इसको बहुरिया। अभी बचपना है। अभी सुधार की संभावना है। फ़िर सयाने हो जाने पर मुश्किल आयेगी। कच्चे घड़े पर माटी नहीं चढ़ती।"

बहुरिया कुछ हुड़की। कौन सी अपनी माँ अपनी औलाद को खुद से अलग कर देगी। शहरों की बात और है। लड़का चाहे अपने ननिहाल में ही रहे, सामने तो नहीं रहेगा। बुझे मन से बोली,-"जी,ठीक है!"

आवाज़ से बाउजी को खबर हो गई, बहुरिया उदास है। गर्दन झुकाकर गंभीर स्वर में बोले;- तुम भी दिल पर पत्थर रख लो दो-चार साल के लिए। बच्चे के भविष्य का सवाल है।" इतना कहकर उन्होंने नज़र उठायी और आँगन में खड़े नीम के पेड़ को देखने लगे, मानो पोते का साफ़-उज्जवल भविष्य साक्षात् दिखलाई पड़ रहा हो।-

"और फ़िर अपने घर ही जायेगा-कौनसा हॉस्टल-वगैरा में जा रहा है। वहाँ प्रिंस है। तुम्हारे पिता जी-अम्मा हैं। नाना-नानी बड़े दुलार से पालते हैं नाती को। अरे भई! इकलौता नाती है।" इतना बोलते ही बाबूजी की बड़ी-बड़ी घनी मूँछों के भीतर मुस्कान खेल गई। -"नहीं। यही ठीक रहेगा। फ़रवरी चल ही रही है। नये सत्र से इसका एडमिशन करा दो वहीं। बोल देना ख़र्चे-वर्च की चिंता....। अच्छा तुम छोड़ो, हमीं बात करते हैं आज शाम को।" शाम को बाउजी की क्या बात हुई, यह तो अंदरखाने की बात है। वंश को बहरहाल मार्च के पहले सप्ताह में, अपने डैडी के साथ ननिहाल भेज दिया गया।

दशहरा आने वाला है। वंश भी घर आया हुआ है। सभीलोग बैठके में बैठे हुए हैं। अचानक बाबूजी के कान खड़े हो गये। वंश की

आवाज़ कानों में गूँजी। पिछवाड़े से आ रही है। किसी से झगड़ा हो गया है शायद। कोई कुछ समझे इससे पहले ही वंश की आवाज़ फिर सुनाई पड़ी।-"हमसे जादा बहेसबाजी ना करना, नई यहीं पटक के यहीं मईया #द देंगे स्साले।" बाबूजी बिचारे सिर पकड़कर बैठ गये।

समाप्त

हमारे नेताजी

हम छुटपन से ही उन्हें देखते आ रहे हैं। बड़ी सलाहियत, बड़ी बेबाकी से अपने विचार रखते हैं। काफ़ी तेज़-तर्रार आदमी हैं। डील-डौल तो माशाअल्ला बहुत अच्छा है, आवाज़ भी बड़ी रौबीली है। आप मुहल्ले भर के सामाजिक-आर्थिक-पारिवारिक-आपराधिक-प्रशासनिक-सांस्कृतिक और वैज्ञानिक मामलों में दख़ल रखने वाले एक राजनितिक व्यक्ति हैं। संक्षेप में कहें, तो आप नेता हैं। शिक्षा को आप डिग्रियों से नहीं तोलते, वरन सांसारिक ज्ञान में विश्वास रखते हैं। 'सादा जीवन उच्च विचार' वाला सूत्रवाक्य आपके लिए कहा गया है। स्वभाव से हँसमुख हैं। पाठकों ने शायद गौर किया हो कि उत्तर भारत के पुरुषों का चेहरा चाहे कितना भी लटका हुआ हो क्यों न हो, नेताजी कहने पे तुरंत खिल जाता है। घोर अवसाद से घिरे हुए किसी आदमी को एकबार नेताजी कहकर नमस्कार करिये-देखिये कैसे मुस्कुरा उठता है। यह महाशय तो यों भी सदा मुस्कुराते रहते हैं। आप केवल रुपवान ही नहीं; बल्कि गुणवान भी हैं। शांत-स्थिर माहौल में लड़ाई-झगड़े कराने में, और लड़ाई-झगड़े अगर हो चुकें हों तो सुलह कराने में आपको महारथ हासिल है। थाना-कोतवाली के मामलों में आप गारंटर भी पड़ जाते हैं। शर्त यह कि तय वक़्त पर जमानत राशि का टेन-पर्सेंट, नगद रूप में आपके पास पहुँच जाना चाहिए। ऐसा न होने की दशा में; सामने वाले की क्या दशा होगी- इसकी गांरटी स्वयं

ब्रह्मा भी नहीं लेते। आप अगर जो नेता न हुए होते, तो किसी न किसी सरकारी महकमे में इंस्पेक्टर ज़रूर हो गए होते, ऐसा हम समझते हैं। लेकिन तब आपका क़द, आपका रुतबा थोड़ा कम हो जाता। हमारे समाज के दीन-दुखियों का एक बड़ा तबक़ा, तब आपकी दूरदर्शिता से, आपकी दयाशीलता से वंचित रह जाता। इसे दैव कृपा कहें या कि पूर्वांचल की धरती का सौभाग्य, कि आप नेता हो गए।

आप एक वरिष्ठ नेता हैं। यह एक बड़ी अच्छी बात है, क्योंकि युवा नेताओं को तो खुद नेता भी नेता नहीं मानते। वर्तमान परिदृश्य कुछ ऐसा बन गया है कि समाज में युवा पीढ़ी के छुटभैये नेताओं को आमतौर पर बड़ी हीन दृष्टि से देखा जाता है। यूपी-बिहार की हर दूसरी गली में कोई न कोई कर्मठ-जुझारू युवा नेता ज़रूर रहता है, जो अपनी तीस इंची छाती पर गिरते हुए आसमान को थामने की हैसियत रखता है। लेकिन उन्हीं की गली में रहने वाले कुछ दोयम दर्जे के बुड़बक, किसी न किसी बहाने से हमेशा उनपर लानत भेजते रहते हैं। समाजसेवा का 'स' भी ना जानने वाले कुछ बुढ्ढे, जिनके खुद के पाँव कबर में लटक रहे हों, ऐसे मूर्ख भी हमारे इन 'चूज़ों' पर ओछी बयानबाज़ी करने से बाज़ नहीं आते- "और कुछ ना भये ससुरे तो नेता हुई गए।" भावी सत्ताधीशों को इस प्रकार की मानसिक यंत्रणा देना बड़ी लज्जा की बात है। एक सभ्य समाज का नागरिक होने के नाते; हमें ऐसे बयानों की कड़ी निंदा करनी चाहिये।

जहाँ तक हमारी बात है तो हम तो भई नेताओं की बहुत इज़्ज़त करते हैं। और ये मान-सम्मान निराधार नहीं है, इसके कुछ महत्वपूर्ण कारण हैं। बेकार आदमी अगर पढ़ा-लिखा हो, तो सबसे पहले लेखक ही बनता है। अगर थोड़ा कम पढ़ा-लिखा या अँगूठाटेक हो तो राजनेता बन जाता है। और हम चूँकि एक लेखक हैं, इसलिये नेताओं को ख़ास तवज्जो देते हैं। ख़ासकर मोहल्ले के युवा नेताओं को तो हम काफ़ी सपोर्ट करते हैं, क्योंकि हम दोनों

की ही मोहल्ले में कोई पूछ नहीं होती। इसलिये गाहे-बगाहे हम एक-दूसरे का हाल-चाल पूछ लिया करते हैं। इससे हृदय में बंधुत्व की भावना का विकास होता है और एक तरह की आत्मिक शांति मिलती है। इसका एक दूसरा कारण यह है कि घनघोर साम्प्रदायिकता के इस माहौल में, इन्हीं नौजवानों की वजह से हमारे-आपके मोहल्ले की धर्मनिरपेक्षता क़ायम रहती है। सड़क किनारे लगे बिजली के बेतार खम्भों को; इन्हीं समाजसेवियों ने अपने पोस्टरों से गुलज़ार कर रखा है। जिनके जरिये आये दिन ये मानस हंस सभी धर्मों के छोटे-बड़े सब त्योहारों की शुभकामनाएं देते रहते हैं। आप इनके अलावा ऐसा एक शख़्स बता दीजिये जिसमें 'सर्वधर्म-समभाव' का यह सद्गुण इतना कूट-कूट कर भरा हुआ हो। आप सुबह को घर से निकलकर अपना रास्ता पकड़िये और देखिये-शाम को घर लौटने तक अगर दस लोग आपको राम-राम करते हैं तो उनमें से कम से कम सात लोग 'आपका अपना कर्मठ एवं जुझारू प्रत्याशी' जाति के ही होंगे। कलयुग अपनी चरम सीमा पर है। सगे बंधु-बांधव भी इंसान को भाव नहीं देते। ऐसे गाढ़े समय में और कौन आपकी इतनी पाँयलागी करने वाला है। इसलिये हमारी सलाह तो यही है कि आप भी इन हितैषियों को बराबर नमस्कार करते रहा करिये। कौन जाने अगला किसी रोज़ सांसद-वाँसद बन गया तो आपको भी फॉर्च्यूनर की सवारी नसीब हो जाएगी। बहरहाल, आपसी मेलजोल की मेरी इस आदत पर रीझकर, एक दिन हमारे इन वरिष्ठ नेता जी ने हमें अपने आवास पर आमंत्रित कर लिया। हम तो इतने ख़ुश थे मानो सीधा स्वर्ग से बुलावा आया हो। जिस अवस्था में थे, उसी अवस्था में उनके घर पहुँच गये। नेताजी अपने रिक्लाइनर पर बैठकर दोहरा बना रहे थे। उन्होंने हमें आते हुए देखा, और देखते ही रह गये। दोहरा फाँकने के बाद आप श्रीमान ने हाथों के इशारे से हमें बैठने का आदेश दिया। उनके सामने रखे सोफ़े पर जाकर हम घस्स से बैठ गए। आंखों ही आंखों में कुछ देर तक हमारे हुलिये की मज़म्मत करने के बाद,

उन्होंने जिह्वा को कष्ट दिया। बोले;- "देख रहे हैं- देश कितनी तरक्की कर रहा है।"

देश की हालत तो हम ख़ैर घर से देखकर ही चले थे। आते समय रास्ते में एक खड्ड में पैर और पड़ गया था। हम घबड़ाये कि कहीं मुँह से कुछ अपशब्द न निकल जाये। अतः अपना ध्यान बँटाने के लिए हम उनके ड्राइंग रूम को ऑब्ज़र्व करने लगे। तीन-तीन पंखें, एक कोने में कूलर, सामने की दीवार पर बीचोंबीच में एलसीडी टीवी और उसके ठीक ऊपर एक भीमकाय एसी। पैरों के नीचे क़ीमती कालीन बिछा हुआ था और हम दोनों के बीच में एक डिजाइनर टेबल रखा था। हमने उनके कमरे को ही समूचा भारतवर्ष मान लिया और धीमी आवाज़ में कहा;-" जी, जी! बिलकुल। इधर कुछ दिनों में तो काफ़ी प्रगति हुई है।"

आम आदमी कितना ख़ुश है आजकल! नहीं?" वो बोले

"जी-हाँ। कमर दिनोंदिन बढ़ती जा रही है।" उनकी तोंद पर एक सरसरी निगाह फ़ेरते हुए, हमने दबी आवाज़ में कहा।

-...."आँय?"
-"जी हमने कहा कि देश सचमुच दिनोंदिन प्रगति करता जा रहा है, और देखिये, आम आदमी भी कितना ख़ुश है। अरे दो-चार लोग महंगाई पर छाती पीट रहे हैं तो क्या बड़ी बात है। ये दो-चार लोग तो हर सरकार में ही चिल्लाते रहते हैं।

-"अरे वही तो महराज! ये सब आप क्या समझते हैं, आम आदमी हैं? नहीं-नहीं! आम आदमी कहाँ ये सब चकल्लस करेगा। ये सारे अपोजिशन के नेता हैं सब।"

-"हाँ। अरे हम तो जानते ही हैं। हर सरकार में स्साली यही नौटंकी है। पिछली सरकार में भी अपोजिशन वाले ससुरे यही चिल्ला रहा

था। 'संविधान का गला घोंटा जा रहा है-लोकतंत्र की हत्या हो रही है।' अपोजिशन को धिक्कारते हुए मैंने कहा।

-"तब तो अपोजिशन में हमीं थे।" उन्होंने हमें घूरकर देखा। आवाज़ में तेज़ी थी।

-"अबब..अरे हाँ-हाँ। अरे नहीं सर तब तो महंगाई ज्यादा थी भी। हर चीज़ का रेट बढ़ा हुआ था। इस सरकार में तो फ़िर भी बहुत गनीमत है।"

-"गनीमत है? अरे समस्या ही क्या है। आप यह बात जान लीजिये कि हमारी सरकार सब का विकास कर रही है। अरे नून-तेल-तरकारी का रेट तो भई सालभर ऊपर-नीचे होता रहता है। बाकी काम आप देख लीजिये।"

-"सर लेकिन इधर पेट्रोल का दाम थोड़ा भाग रहा...

-"अरे कुछ नहीं भाग रहा य्यार। लोग साले गधे हैं। दिनभर में पचास रुपये का पान खाके थूक दोगे-सौ रुपये का तेल नहीं डलवा सकते हो। मोबाइल में छै-छै सौ रुपिया का रिचार्ज हो जा रहा है और सौ रुपया का पेट्रोल महँगा लग रहा है? इन लोग को सेलरी दीजिये सन दो हजार बीस का, और तेल चाहिए उन्नीस सौ सैंतालीस का। इस तरह नहीं चलेगा न भाई।

"हम झेंप गये। उन्होंने 'इनडायरेक्टली' हमें गधा बना दिया था। गधा यानि मूर्ख। यह किसी भी लेखक के लिये डूब मरने वाली बात होती है। हमारे लिए भी थी। हम थोड़ा सँभल गये।-"जी-जी। हा-हा-हा। हाँ एकदम सही बात बोले आप। ये बात तो है-आम आदमी कंजूस बहुत है। लेकिन सर बेरोजगारी पर तो थोड़ा ध्यान देने की.....

-"फ़िर वही बात।".....वो एकदम से उछले। "अरे एक्के बतिये कह दिये कि भईया, इस सरकार ने सबको जीने-खाने का बेवस्था कर दिया है। बेरोजगारी? बेरोजगारी क्या होता है जी? करने वाला रहेगा तो मम्फली (मूँगफली) बेचके कमा-खा लेगा। ए सब साला डिग्री लेके खलिहर घूम रहे हैं फ़ालतू में। अरे सबको नोकरिये नहीं न मिल जाएगा भाई। अपना मेहनत करो- अपना धंधा करो। क्या दिक्कत है।

"हमने गौर किया कि वो अब देहाती बोली में उतरने लगे थे। टोन भी बदल गई थी। दरअसल, वो जब कभी तैश में आते हैं तो देहाती बोलने लगते हैं। हमारी घिग्घी बँध गई। उनकी प्रतिक्रिया से हमें लगा कि देश के निकम्मों को उनके हाल पर छोड़ देना ही ठीक होगा। अब हम जीडीपी की तरफ़ मुड़े। कहा-"हमारी जीडीपी लेकिन चीन और अमेरिका से बहुत पीछे जा रही है सर।

-"पाकिस्तान से तो आगे है।"

-"हाँ लेकिन, पाकिस्तान से हमें क्या मतलब?"

-"हाँ तो चीन औ अमेरिका से क्या मलतब?"

वाह! क्या बात है। हम उनकी तर्कशक्ति पर नतमस्तक हो गए। बात में दम तो है। दूसरे देशों से आख़िर हमारा क्या जोड़? दूसरों की थाली में झाँकने से भला हमारी भूख कैसे मिटेगी? और यह तो कहावत भी है, कि अगर हमें प्रसन्न रहना है तो दूसरों से अपनी तुलना बंद कर देनी चाहिए। भई वाह! मान गये। इस तरह जीडीपी के मुद्दे पर मुँह की खाने के बाद, हमने डरते-डरते देश की दो-चार दूसरी समस्याओं पर भी उनसे चर्चा करनी चाही, लेकिन हर बार वो मुझे लाज़वाब कर देते थे। आज हमें ऐसा लगता है कि तब वो समझ रहे थे कि असल में हमारे देश में बहुत सारी दिक्कतें हैं- बावजूद इसके वो अपनी सूझबूझ और हाज़िरजवाबी से हर बार मुझे निरुत्तर करते गये। हमें उनकी यही

अदा पसंद आती है। दरअसल, एक विशुद्ध नेता की यही पहचान होती है। अपनी खामियों पर पर्दा डालते हुए सामने वाले को चित कर देना। एक विकासशील देश का नागरिक होने के नाते, यह कला हम सब में होनी चाहिये। आज के छात्रों में वाकपटुता का अभाव साफ़ दिखता है। केंद्र सरकार को नयी शिक्षा नीति में गल-थेथरई पर आधारित कोर्स शामिल करना चाहिए। युवा पीढ़ी के दिमाग की रफ़्तार चाहे कछुए सरीखी हो, ज़बान की रफ़्तार खरगोश जैसी होनी चाहिए। इस बात पर तो सरकार को लेफ़्ट वालों का भी खुला समर्थन मिल जायेगा। हमारी बातचीत को अब लगभग एक घन्टे हो चुके थे, बावजूद इसके आपका धैर्य देखने लायक था। हम किसी बात पर उनसे असहमत हो गये थे। हालाँकि यह जान पर खेलने जैसा है। आम आदमी से हमारा निवेदन है कि किसी पहुंचे हुए नेता के सामने ऐसे ख़तरनाक स्टंट न करें।

"-आप मेरी बात समझ नहीं रहे।" उन्होंने पूरे इत्मीनान से कहा।

हमने बात काट दी-"नहीं हम तो समझ रहे हैं। पर हम समझते हैं कि आप नहीं समझ रहे।

"इस बेतुकी बात पर वो हँस पड़े-जैसे बच्चे के इस सवाल पर कि 'मैं कैसे आया?', माँ-बाप हँस पड़ते हैं। मुस्कुराते हुए बोल पड़े- "अरे भई! हमसे का छुपा है। हम तो स्साला समझिये रहे हैं। आपे नहीं समझ रहे।"

आपने फिर एक 'पॉज़' लिया, आवाज़ में नरमी ले आने की कोशिश की और वापस ट्रैक पर आ गये।

"आप असल में समझ तो रहे हो, पर उस ढंग से नहीं समझ रहे जैसे मैं समझाना चाहता हूँ। इसका मतलब यही हुआ कि आप असल में समझ ही नहीं रहे हो।"

इस बिंदु तक आते-आते, हमारे तरकश के सारे तीर 'मिस' हो चुके थे। यों तो हम भी बातों के धनी हैं, पर आज इन्होंने हमें खूब छकाया। अब हम यह जानना चाहते थे कि असल में इनकी वाकशक्ति का स्रोत क्या है। किस अलौकिक सत्ता से इन्हें ऐसी ताकत, इतनी ऊर्जा मिल रही है। हम इधर-उधर नज़रें दौड़ाने लगे। अचानक हमारी नज़र कमरे में रखे हुए महाराजा बेड के कोने पर जाकर अटक गई। वहाँ क्या देखते हैं कि रेशमी बेडशीट पर नए-चमचमाते जूतों की एक जोड़ी रखी हुई है। जूते महँगे थे। उनकी चमक से हमारी आँखें चुंधिया जातीं इससे पहले ही हमने आँखें फ़ेर लीं। फ़िर हमारी नज़र एक कोने में रखे शू-रैक पर पड़ गई। और हमने देखा कि शू-रैक के निचले खाने में कुछ भारी-भरकम किताबें पड़ी धूल फाँक रहीं हैं।

अद्भुत! अविश्वसनीय! अविस्मरणीय! हम अब समझ चुके थे कि ससुरी ये ऊर्जा कहाँ से आ रही है। तो ये है आपका 'सोर्स ऑफ़ एनर्जी।' हमने भी कहीं सुन रखा है कि जूतों को बिस्तर पर और किताबों को शू-रैक पर रखना एक क़िस्म का टोटका है- ऐसा करने से वाणी के ऊपर से बुद्धि का बैरियर हट जाता है और फ़िर जिह्वा, वायुवेग से चलने लगती है। हम समझ गये कि यहाँ बुद्धि-प्रयोग करना अपनी मौत को दावत देने के समान है। जल्दी-जल्दी में उनको नमस्कार करके हम बंगले से बाहर निकल आये।

समाप्त

तहसील दिवस

'जब नाश मनुज पर छाता है, पहले विवेक मर जाता है।' एक बार सैर-सपाटे के ख़्याल से मैं तहसील चला गया। महान वैज्ञानिक आईन्स्टीन के कहेनुसार समय एक भ्रम है। मैं भी इस बात से पूरी तरह सहमत हूँ। समय अगर जो गतिमान रहता, तो हम सभी को भी गतिमान रहना चाहिए था। मगर अपने आसपास देखने पर हमें ऐसे बहुतेरे मिल जायेंगे जो समय की चाल से नहीं चल पाते। समय तो आगे बढ़ जाता है, ये बेचारे वहीं के वहीं पड़े रह जाते हैं। ऐसा लगता है मानो काल के गाल में फँस गये हैं। अब काल इनको पान की पीक बनाकर, मुँह में इधर से उधर घुला रहा है। कई बरसों से उसी भँवर में नाचे पड़े हैं। यह दरअसल एक रोग है। मेडिकल साइंस की भाषा में इसे नोस्टाल्जिया कहते हैं। रोग कह लीजिये, चाहे आदत कह लीजिये। लत या ऐब भी कह सकते हैं। इसमें इंसान को पुराने समय की बातें बड़ी भली लगती हैं। भूली-बिसरी यादों में वो खोया-खोया सा रहता है। हमारे समाज में, हमारी जान-पहचान के हमें बहुत से ऐसे अलमस्त इंसान देखने को मिल जायेंगे जिन्हें इस मर्ज़ की शिकायत है। मैं जितने भी बुजुर्गों से मिलता हूँ उनमें से अधिकतर लोग अक्सर यही रोना रोते रहते हैं कि 'पहले का ज़माना बड़ा अच्छा था। आह! क्या दिन थे वो भी।' कोई कलपता है कि, 'काश! वो ज़माना लौटकर वापस आ आये तो कितना मज़ा आ जाये। हाय! कोई लौटा दे मुझे

मेरे बीते हुए दिन। रह-रहकर उनके कलेजे में यही टीस उठा करती है।

अब मैं चूँकि कोई डॉक्टर तो हूँ नहीं कि ऐसे दिलजलों का ट्रीटमेंट कर सकूँ। लेकिन कोई व्यक्ति अगर नोस्टाल्जिया से पीड़ित है तो उसको मेरी यह सलाह है कि हमारे कस्बे की तहसील में चले आवें। आपके ज़ख़्मी दिल को बड़ी तसल्ली मिलेगी।

राष्ट्रीय पिता और राष्ट्रीय चाचा की नज़दीकियों का ख़याल रखते हुए लोक निर्माण अधिकारियों ने नेहरू चौक से लगायत गाँधी चौक तक पक्की सड़क बिछा रखी है। सड़क के दोनों किनारों पर भारत सरकार की इच्छानुसार, फुटपाथ बनाए गए हैं जो ठेले-खोमचे वालों की इच्छानुसार-हाट का काम देते हैं। सड़क पर विराजमान साँढ़ों, फुटपाथ में लोटते खूँखार स्वदेशी कुत्तों और फिर ठेले-ठोंगे वालों की हुरपेठ से बचकर आप सही-सलामत अगर किनारे लग जायें तो यह आपके पिछले जन्म का प्रताप है। यहाँ गौर करने पर आप पायेंगे कि उस जगह पर जहाँ फुटपाथ की फ़ौलादी छाती को फाड़कर लोहे का एक गेट प्रगट हुआ है, उस जगह की धूप सिन्दूरी हो गई है।

जैसा कि यूपी-बिहार की लगभग हर कचहरी में होता है, यहाँ भी हनुमान जी का एक मंदिर स्थापित किया गया है। मंदिर में अपेक्षानुसार हनुमानजी की एक प्यारी सी मूर्ति है। रामभक्त हनुमान के सेवाभाव पर किसी को लेश मात्र का भी सन्देह नहीं है इसलिए; दीपावली की सफ़ाई में निकली खंडित मूर्तियों को हनुमानजी की शरण में लाकर रख दिया गया है। हनुमानजी को प्रणाम करके हम ज्यों ही आगे बढ़ेंगे तो हमें महान ब्रिटिशकालीन वास्तुकला के अवशेष दिखने लगते हैं। यह तहसील परिसर है।

गेट से अंदर घुसते ही बायें हाथ पर दर्जनों मुंशी अपनी-अपनी चमत्कारी पेटियाँ लिये बैठे हुए हैं। छोटी-बड़ी रंग-बिरंगी असंख्य

पेटियाँ। इनको देखकर किसी मदारी वाले का भ्रम होता है। पेटी के अंदर से अभी क्या निकल आयेगा, यह रहस्य अंतिम क्षणों तक बरकरार रहता है। हाथ पर रुपये पड़ते ही मुंशी तुरत अपने बाएँ हाथ से पेटी का ढक्कन उठाता है और दाहिना हाथ अंदर डाल देता है। हाथ डालते ही अंदर से ताइपत्रित मुहर, मिसिल, टिकट, नकल या आवेदन पत्र जैसी विलक्षण वस्तुएं बाहर आ जातीं हैं। ये जादूगर अपनी अलौकिक शक्तियों के बल पर बच्चा पैदा कराने से लेकर मृतकों के स्वर्गवास तक की रसीद झट से काट देते हैं। गरज ये कि आपके जेब में केवल रुपये होनें चाहियें, फिर तो ये लोग आपके बच्चे की वो जन्मकुंडली तैयार कर देंगे कि मानो यही बच्चे के असल बाप हों और आप बच्चे के चाचा। यहाँ ऐसे ही एक कलंदर बैठते हैं रहमत खाँ। दुबले-पतले मध्यम कद-काठी के रहमत खाँ। ढीली-ढीली सी शर्ट पहनते हैं और आँखों पर बड़े फ्रेम वाला चश्मा रखते हैं। पिछले सत्रह-अठारह बरस से यहीं कचहरी में मुंशीगिरी कर रहे हैं। बच्चों की रसीद काटते-काटते जनाब इतने अभ्यस्त हो गए कि खुद के नौ बच्चे कर डाले। लोग ताने दिया करते हैं बेचारे को, कि अब बस कर-रहने दे। लेकिन जनसेवा की भावना देखिये कि जवान ने अबतक अपना हाथ नहीं रोका, और रसीद काटते चले जा रहे हैं। कहते हैं कि नाम का असर पड़ता है। इनके ऊपर भी पड़ा है। दरअसल रहमत खाँ बचपन से ही कुशाग्रबुद्धि थे और नवीं कक्षा में ही इन्होंने रहमत खाँ का संधि विच्छेद कुछ यूँ कर डाला था कि 'रहम मत खा'। बस वो दिन था और आज का दिन, इन्होंने फिर किसी आदमजात पर रहम नहीं खाई। ना अपनी देह पर, ना बीवी पर और ना ही अपने ग्राहकों पर।

ऐसे बदनसीब जिन्होंने अंग्रेजों के ज़माने के जेलर नहीं देखे, वो अंग्रेज़ो के ज़माने की इस तहसील को देखकर अपनी साध पुरा सकते हैं। यहाँ के पुरातनकालीन परिसर में आज भी सब कुछ जस का तस खड़ा है। वही पेड़, वही इमारतें, वही कमरे और वही

खम्भे। समय की मार से कुछ दीवारें भरभरा गई हैं, दो-चार जगहों से प्लास्टर छूट रहा है...बस। इसे अब बदहाली कहें या कि विकास कहें, सामने की जो दीवारें गिर चुकी हैं- वो अब छुट्टा मवेशियों के शेल्टर होम का काम देतीं हैं हैं। सर्दियों की रात में आवारा कुत्ते इनमें आसरा लेते हैं। जिन दीवारों का प्लास्टर उखड़ गया था- उनपे छै-एक का मसाला पोतकर ऊपर से चूनाकली कर दी गई है। इस चूनाकली को देखकर ऐसा लगता है कि रोज़गार अभियान की हड़बड़ी में, मनरेगा के किसी दिहाड़ी मजदूर से पेंटर का काम लिया गया था जिसकी काबिलियत, अब उखड़-उखड़कर नीचे गिर रही है। जहाँ-जहाँ से चूने की पपड़ी छूटकर गिरी है, वहाँ-वहाँ से गारे की प्राचीन ईंटें झाँकने लगीं हैं। अब यह दीवार किसी एंटीक सीनरी का लुक देने लगी है और जल्द ही कोई मशहूर पेंटर इससे प्रेरणा लेकर, एक कालजयी पेंटिंग बना डालेगा। इसी उम्मीद में मौजूदा तहसीलदार ने उसपर दोबारा पेंट कराने का विचार त्याग दिया है। चीन की इस दीवार से लगकर पीछे भी एक भूतिया बिल्डिंग है। रात के दौरान यहाँ भोजपुरिया हॉरर फ़िल्मो के सेट लगाये जाते हैं और दिन में इस खंडहर से, खाद्य एवं रसद विभाग के ऑफ़िस का काम लिया जाता है। बिल्डिंग के हालात को देखते हुए सरकारी चयन प्रक्रिया से चुनकर ऐसे वरिष्ठ कर्मचारी यहाँ बिठाये जाते हैं जो अपनी सांसारिक जिम्मेदारियों से मुक्त हो चुके हों और देशहित के लिए अपनी जान लड़ाने को हरदम तैयार रहते हों। यहाँ हर काम बड़ी बारीकी से, बड़े इत्मीनान से होता है। दोपहर के एक बजे हैं और ऑफ़िस के बाहर लंबी लाइन लगी हुई है। चिलचिलाती धूप में पसीने से तर-बतर लोग। लाइन में खड़े सभी लोग निपट जल्दी में हैं। चारों तरफ़ से चिल्ल-पों मची हुई है। गरीबों के उत्थान में लगे हुए हमारे मुख्यमंत्री अगर कभी घूमते-घामते इधर निकल आये तो ऑफ़िस के बरामदे में खड़े गरीबों की कुल संख्या देखकर दंग रह जायेंगे। यह सीन अगर जो यूएनडीपी यानी संयुक्त राष्ट्र विकास कार्यक्रम के नुमाइंदे देख लें तो गश खाकर गिर पड़ेंगे।

जिस देश के गरीब सत्तर हज़ार की स्प्लेंडर पार्क करके, हाथ में पंद्रह हज़ार का फ़ोन झुलाते हुए सरकारी राशन की लाइन में खड़े दिखते हों, वह देश सोने की चिड़िया नहीं तो फिर और क्या है।

सरकार की डीबीटी स्कीम से कई लाभार्थी स्वर्ग में बैठे-बैठे पेंशन उठा लेते हैं। इस चमत्कार से कई पुरुष न केवल महिला बन जाते हैं, बल्कि गर्भधारण करके बच्चे भी जनते हैं। हमारी सरकार का मौजूदा कार्यकाल, देश में शोध-तकनीक एवं विज्ञान का स्वर्णिम काल है। जिस ढंग से इस देश ने गरीबों का उत्थान किया है, अन्य देश भी यही मॉडल अपनाकर ग़रीबी के जंजाल से मुक्ति पा सकते हैं। भारत ऐसे सभी देशों का मार्गदर्शन करके विश्वगुरु का दर्जा दोबारा हासिल कर सकता है।

ऑफिस के अंदर दो अफ़सर और एक चपरासी बैठते हैं। चपरासी एक बुद्धिमान व्यक्ति है। फ़ाइल देखने से लेकर फ़ाइल लटकाने तक और कमियाँ निकालने से लेकर रेट बताने जैसे अफसरों वाले काम वो खुद कर लेता है। यह इंटरव्यू लेने वालों की नाकामी है जो उसके टैलेंट को न पकड़ सके, वर्ना यह चपरासी भी कहीं न कहीं अफ़सर लग जाता। फरियादी हालाँकि उसका यथोचित सम्मान करते हैं और बड़े आदर से उसको भईया बुलाते हैं। इससे वो चपरासी भी खुश रहता है, और फ़रियादी भी।

ऑफ़िस के बाहर अभी धकमपेल मची हुई है। लोग उधम काट रहे हैं। शोरगुल मचाये पड़े हैं। कोई असीसता है, कोई सरापता है। भद्दर दुपहरी में झुलसते हुए लोग झुंझलाहट में गालियां भी बकते हैं, लेकिन ऑफ़िस के अंदर बैठे हुए तीन साधुओं के ऊपर से ये सभी शब्दबाण ठीक वैसे ही फ़िसल जाते हैं जैसे केले के पत्ते से जल की बूंदें। वो आँखें मूँदे निर्लिप्त-निर्विकार भाव से बैठे रहते हैं, पान चबाते रहते हैं। खाली समय में अफ़सर लोग कान खोदने की पेन से लिखने का काम भी लेते हैं और बड़ी तल्लीनता से, सिर झुकाये कुछ न कुछ लिखते रहते हैं। इनकी बेतकल्लुफी का राज़

इसी कमरे में ऊपर दाहिनी ओर टँगा हुआ है। तथागत बुद्ध की तस्वीर। ये कर्मचारी भगवान बुद्ध से बहुत गहरे तक प्रभावित हैं, और इतने सालों तक जनता की धुँआधार सेवा करते हुए अब निर्वाण को प्राप्त हो चुके हैं। 'तुमने गालियाँ दीं, हमने ली ही नहीं। तुम्हारी ये अमानत तुम्हारे पास ही रह गई।' ये पंक्तियाँ इनका ध्येयवाक्य हैं।

तब जबकि देह के नमकीन पसीने से कसमसाकर पीछे वाले के नथुने फटने लग जाते हैं, धक्कामुक्की में दो-चार जनों की पसली चटक चुकी होती है और चपरासी खुले तौर पर इस बात की तस्दीक कर देता है कि चालीस लोगों की जगह में अब सत्तर लोगों से ज्यादा नहीं आ सकते, तब कहीं जाकर एक आदमी को अंदर बुलाया जाता है। परम्परानुसार पहले उसकी सलामी ली जाती है, तब उसकी फ़ाइल ली जाती है। चपरासी पहले फ़ाइल में लिखी वार्षिक आय को देखता है। फिर फ़रियादी की शकल देखता है- फिर वो आय का शकल से मिलान करता है। इस विधि को नेचुरल इंटेलिजेंस कहा जाता है। सफलतापूर्वक वेरीफाई हो जाने पर फ़रियादी को मुँह बिचकाकर एक हफ़्ते बाद आने की सलाह दी जाती है, और फ़ाइल को फाइलों के बीहड़ में उछाल दिया जाता है। मिलान न होने पर चपरासी; साहब को देखकर मुस्कराता है। साहब; फ़रियादी को देखकर मुस्कुराते हैं। फ़रियादी सिर हिलाकर मुस्कुराता है और फिर लाइन से अलग होकर बगल वाले कमरे में चला जाता है। तदोपरांत दोनों में से कोई एक अफ़सर उठता है और उसके पीछे-पीछे बगल वाले कमरे में घुस जाता है। पलक झपकने की देर में कुछ खुसफुसाहट होती है, दो हाथों में हरकत होती है और फिर एक मायावी पदार्थ एक जेब से निकलकर दूसरी जेब में प्रवेश कर जाता है। इस पदार्थ पर भी गाँधी जी की मुस्कुराती हुई फ़ोटो बनी होती है। इस क्षणिक प्रक्रिया के सम्पन्न होते ही फ़रियादी-अफ़सर और चपरासी तीनों मुस्कुराने

लगते हैं। देने वाला भी खुश और लेने वाला भी खुश। सर्वे भविन्तु सुखिनः का नारा चरितार्थ होता है। यही असल साम्यवाद है।

इस समरसता के सामने नतमस्तक होकर जब आप दक्षिण दिशा में आगे बढ़ेंगे, तो दाहिनी तरफ़ एक लंबा-चौड़ा अधिवक्ता कक्ष बना हुआ है। इस अधिवक्ता कक्ष में दीवानी और फौजदारी मामलों के सभी वक़ील एकसाथ बैठते हैं। बराबर दूरी पर, ब्रिटिश संसद से अठारहवीं शताब्दी में स्क्रैप मूल्य पर खरीदी गयीं टेबल-कुर्सियाँ रखी गयीं हैं। दीमकों ने हालाँकि अधिकांश भाग कुतर डाला है, मगर अवशेषों से मालूम होता है कि इन्हें बनाने में किसी लकड़ीनुमा पदार्थ का प्रयोग हुआ था। यहाँ की प्रत्येक कुर्सी अपने-आप में छोटी-मोटी न्यायपीठ है। अलग-अलग व्यवस्था हेतु रेट तय कर दिये गए हैं। ये रेट हर बेंच पर एकसमान हैं। ये सभी एक दाम की दुकानें हैं। रेट के लिए ज्यादा माथापच्ची नहीं करनी पड़ती। इसका गणित काफ़ी आसान है। जिस व्यवस्था की लीगल प्रॉसेस जितनी सरल होती है, उसका रेट उतना ही कम होता है। जहाँ ज्यादा टिटिम्भे होते हैं, वहाँ रेट हाई होता है। चाहे शोना बाबू हों चाहे सरकारी बाबू, हमारा इतिहास रहा है कि हमारे बाबुओं ने कभी अपने काम में कोताही नहीं बरती है। अगर प्रार्थी का काम लटक रहा है, तो इसमें स्वयं प्रार्थी का दोष है। उपरोक्त रेट कहीं लिखे नहीं होते। आपको अपनी बुद्धिमानी से, अपनी आवश्यकतानुसार इसका अनुमान करना होगा।

आगन्तुकों की सुविधा के लिए हर कुर्सी से सटाकर एक-एक बेंच या स्टूल रखा दिया गया है। चूंकि हमारी संस्कृति रही है कि हम विषम परिस्थितियों में किसी को अकेला नहीं छोड़ सकते, इसलिए दो पक्षों के मुकदमे में समूचा गाँव उठकर कचहरी चला आता है। यहाँ मगर स्टूलों की संख्या सीमित होने की वजह से बहुत से लोग वकील साहब को घेरकर खड़े हो जाते हैं। जो खड़े नहीं हो पाते, वो बाहर जाकर बैठ जाते हैं। जो लोग बैठ नहीं पाते वो किसी पेड़ के साये में, या किसी दीवार की आड़ में जाकर

अपना गमछा बिछाते हैं और हाथ की टेक लगाकर टाँग पसार देते हैं। उस समय का दृश्य कुछ ऐसा होता है कि मानो क्षीरसागर में दस-बारह भगवान विष्णु, शेषनाग की छाया में एकसाथ आराम फ़रमा रहे हों।

अधिवक्ता कक्ष के बीचोंबीच एक विशालकाय सीलिंग फ़ैन भी लगा है। पंखे के रॉड की लंबाई तक़रीबन बारह फ़ुट है। पंखे की साइज़ से लग रहा कि जैसे किसी विंडमिल को उखाड़कर, यहाँ छत से लटका दिया गया हो। इतने लंबे-चौड़े हॉल में हवा करने की जिम्मेदारी, इस बेचारे इकलौते पंखे के कन्धों पर डाल दी गयी है। इस पंखे के आकार से जुड़ी एक दंतकथा है जो एक दीवानी अधिवक्ता ने मुझे, किसी को ना बताने की शर्त पर बताई थी। दरअसल सिस्टम से लड़ता हुआ कोई फ़रियादी अगर दौड़-दौड़कर थक जाये तो वह ईश्वर से न्याय की गुहार करता हुआ इस पंखे से लटक सकता है। ऐसा माना जाता है कि फ़िर उसका फ़ैसला चाहे यहां हो न हो, ऊपर पहुँचते ही चट से हो जायेगा। एक अनुमान के मुताबिक यह मोक्षदायक पंखा, अपने अस्सी वर्षों के इतिहास में अभी तक सौ-सवा सौ दुखियों को भवसागर पार करा चुका है।

पुलिस जब इलाज करती है तो दुखता है, डॉक्टर जब इलाज करते हैं तो राहत मिलती है-लेकिन वकील जिसका इलाज कर दे उसका फ़िर कोई इलाज नहीं है। वादी को पहले दिलासा देते हैं, फ़िर तारीख दे देते हैं। मतलब दर्द भी हमीं देंगे-दवा भी हमीं देंगे। आदमी न जीने में रहे न मरने में। अधेड़ उम्र के एक वकील साहब फिलहाल किसी अभागे का इलाज कर रहे हैं। दुखिया रो-रोकर अपना दुखड़ा सुना रहा है। तीन गमछाधारी बुजुर्ग, बुजुर्गाना लहज़े में सिर हिलाकर हामी भर रहे हैं।
वकील साहब ने पूछा-"पीटे भी हैं सब?" पीड़ित का चेहरा शर्म से लाल पड़ गया, लेकिन बोला कुछ नहीं। वकील साहब तो अंतर्यामी ठहरे-मन की बात पढ़ लेते हैं। बन्दा लतियाया तो गया

है पर मारे झिझक के नहीं बोल रहा।

"अरे भई, खुलके बताओ। नाउन से पेट नहीं छुपाते। हमसे का लजा रहे हो।" साहब ने अपनी बात को इस अंदाज से ख़त्म किया जैसे वो खुद बेताल हों और वादी; राजा विक्रम हो। और सही उत्तर न देने पर विक्रम के सिर के टुकड़े-टुकड़े हो जायेंगे। इस धमकी का बराबर असर हुआ। सहारा पाते ही वो आदमी फ़फ़क के रो पड़ा-"ए साहब! बहुत बेस्ती हुआ है। भर जवार में फाटल जूता से गनके छौ जूता मारा है हजूर! आज हमारा जीवन नरक कर दिया एकदम।"

जीवन नरक हो चला है इसकी गवाही देने हेतु साथ में खड़े बुजुर्ग अपना सिर हिलाने लगे। वकील साहब ने जूताखोर का कंधा सहलाया और बोले-"औरत को बीच में ले आओ। बयान देना कि हमारे घरवाली पर हाथ डाला था। तुमको चार जूता तो हम अभी मार दें, का साबित कर लोगे कोर्ट में। लेडीस का बयान रहेगा तो केस जोरदार बनेगा। और एहि पे राजी हो तो पहले अपना कान-कपार फोरवाना पड़ेगा, तब जाके तुम्हारे बयान में 'ओजन' आयेगा। बोलो, क्या बोलते हो?" वादी को इस बात में दम लगा। अब वो भी सिर हिला रहा है।

'नारी तारणहार है'- इस पंक्ति के रचयिता ने कभी नहीं सोचा होगा कि इस पंक्ति का इस्तेमाल इस ढंग से भी हो सकता है। झगड़ा पति से होता है और बीवी ढाल बनाकर आगे खड़ी कर दी जाती है। बस इसी बात पर अच्छे-अच्छों की खाट खड़ी हो जाती है। इसी मंशा से, थाना-कोतवाली से लेकर कोर्ट-कचहरी तक महिलाओं को विशेषाधिकार दिये गए हैं। पुरुषों को आदिपुरुष समझकर, उन्हें उनके हाल पर छोड़ दिया जाता है। इसमें हालाँकि, पुरुषों का कोई दोष नहीं। इसके पीछे भी एक कारण है।

प्रगतिशील देशों में एक निश्चित वार्षिक दर से कानून बनाना बहुत ज़रूरी है, वर्ना देश की उन्नति नहीं मानी जाती। और कानून केवल प्राथमिकता के आधार पर बनाये जाते हैं। हमारे देश में

महिलाओं के लिए कानून बनते हैं। नाबालिगों के लिए कानून बनते हैं। अल्पसंख्यकों के लिए कानून बनते हैं। बच्चों के लिए, बुजुर्गों के लिए, विधवाओं के लिए कानून बनते हैं। नक्सलवादियों से लगायत आतंकवादियों तक के लिए कानून बनाये जाते हैं। फिर इन कानूनों को लागू कराया जाता है। इनसे जुड़े अपराधों-अधिकारों के लिए आयोग बनाये जाते हैं, फ़ास्ट ट्रैक कोर्ट स्थापित किये जाते हैं। देशभर में इनके केंद्र बनाये जाते हैं। ऑनलाइन निवारण मंच बनते हैं। फ़िर इनकी समयबद्ध समीक्षा करने के लिए समितियाँ भी गठित की जाती हैं। फ़िर हर तिमाही या छमाही पर इनसे जुड़े आँकड़े मीडिया में बताकर सरकारें वोट लूटती हैं,(और विपक्ष आंकड़ें बताकर वोट काट देता है।) इन सब माथापच्ची के बाद हमारे विधिनियंताओं के पास जो थोड़ी-बहुत बुद्धि बचती है- उससे वो लोग बड़ी कुशलता से पुरुषों के लिए एकाध कानून बनाकर तैयार कर देते हैं। यहाँ तक आते-आते चूँकि ये मेहनतकश मातहत बेइंतेहा थक चुके होते हैं, इसलिये इस कानून को लागू कराने से लेकर उसकी समीक्षा करने तक की सारी जिम्मेदारी पुरुषों को सौंप कर खुद अन्तर्धान हो जाते हैं। पुरुष बेचारा फ़िर अपनी मर्दानगी को अपने कंधों पर लादे, इस कानून को अपनी गोद में लिए-लिए फ़िरता है।

यह जो पुरुष आज आज घूम रहा है, अगर वकील साहब की बात नहीं मानता-तो धूमकेतु बनकर जाने कितने सालों तक न्यायरूपी सूरज के चक्कर काटता रहेगा और अन्ततः अपनी धुरी से छिटककर, किसी 'ब्लैकहोल' में समा जायेगा।

एक दूसरी टेबल पर एक वकील साहब बिलबिला रहे हैं। नई उम्र के हैं। गोर-गोर मुखड़े पे काला-काला चश्मा सूट करता है। कोट बाकायदा आयरन की गई है। नये-नवेले साहब को गाँव वालों ने छाप लिया है चारों तरफ़ से। यह भी फौजदारी का मामला है, लेकिन वादी कौन है यही पता लगाना मुश्किल है। भीड़ को

देखकर लगता है मानो वैलेंटाइन डे के मौके पर फ़्री कंडोम बँट रहे हों। हमारे नौसिखिए वकील साहब की हालत बड़ी नाज़ुक है। मारे घुटन के माथे से पसीना चू रहा है। साँस उखड़ने लगी है। क्रोध में कसमसा रहे हैं। मुँह में ऐसे-ऐसे वज्र दाबे पड़े हैं कि जो अगर बाहर निकल जायें तो जलजला आ जाए। मगर पेशे और पैसे दोनों से मजबूर हैं। कहीं कोई बात गाँव वालों को कड़ी लग गई तो जो भी सौ-पचास की बोहनी मात्र होती है, उससे भी हाथ धोना पड़ जायेगा। जी कड़ा करके वकील साहब जोर से चिल्लाते हैं-"अरे भई! इतने लोग यहाँ क्या कर रहे हैं। जाइये हटिये, काम होगा तो बुलवा लेंगे।" इतना सुनते ही हलवाई की दुकान से बहुत सी मक्खियाँ फड़फड़ा के उड़ती हैं और दूसरी दुकानों की तरफ़ चल पड़तीं हैं।

यह परिसर एक रंगमंच है, और यहाँ रोज़ ऐसे अनगिनत नाटक होते रहते हैं। किसी में करुणा है, किसी में हास्य। बैठकर सुनने लगें तो सुबह से शाम हो जायेगी, मगर ये नाटक खतम नहीं होने के। मैं तो घर से उकताकर इधर चला आया था, अब अफ़सोस होता है कि किधर चला आया। वकील साहब ने कोई डॉयलॉग मारा था, अभी दिमाग में वही गूँज रहा है।-'यह बोलो कि तुम दलित हो, कहो कि तुम शोषित हो, कहो कि तुम पीड़ित हो, दमित हो मगर यह भूल से भी मत कहना कि तुम पुरुष हो। ऐसा कहते ही सारी सहानुभूति उड़ जायेगी, सरकारें बहरी हो जायेंगी, अदालतें गूँगी हो जायेगी, कानून अंधा हो जायेगा और न्याय, न्याय बेटा तवे की भाप बनकर उड़नछू हो जायेगा।'

समाप्त

शादी में जरूर जाना

सरकारी डिग्रियों का इतना उपयोग इंसान के करियर में भी देखने को नहीं मिलता, जितना शादी के कार्ड और घर की नेम्पलेट पर दिखता है। ख़ासकर शादी के कार्ड पर तो जैसे पूरे ख़ानदान का रेज़्यूमे छाप देते हैं। मैं तो अक्सर सोचता हूँ कि जिन घरों के लोग थोड़े कम पढ़े-लिखे होते होंगे, और जहाँ डिग्रियाँ नहीं होती होंगी, उन लोगों के यहाँ शादियाँ कितनी फ़ीकी रह जाती होंगी? जिस दिन कार्ड छपने के लिए दिये जाते होंगे उस दिन घर में कैसी कलह मचती होगी? बाप अपने बेटे को धिक्कारता होगा-" जा साले! ऐसे बेटे से तो निपूता ही भला था। ढंग की दो-चार डिग्रियाँ नहीं ले पाया कार्ड पर छपवाने के लिए। इसपर बेटा तुनककर कह देता होगा:-"हुँह! अब चले हैं हमको पाठ पढ़ाने। अरे तो आप ही कौन बड़े करवइया हैं। इतनी ही चिंता थी तो ख़रीद काहे नहीं दिये एक-दू ठो हमारे लिए।" पूरे दिन घर में ऐसी ही नोंक-झोंक चलती रहती होगी। यह गृहक्लेश भी लेकिन देखते बनता होगा। इस बार की सहालग में एक कार्ड मेरे पास भी आया था। कार्ड देखने में आकर्षक था। डिज़ाइन बहुत सुंदर थी। ग्लिटर पेन से मेरा नाम लिखा था। देखकर बड़ी तसल्ली हुई कि चलो कहीं तो अपना नाम चमका। लेकिन आगे ब्रैकेट में ये क्या लिख दिया है भई-"(केवल एक आदमी)। इसका मतलब तो कुछ समझ में नहीं आया अपनी। अंदर तो ऐसा कुछ विशेष नहीं है- जो पढ़कर सुनाया जाये। वही आयुष्मान, वही आयुष्मती, और वही 'छादी में

उल-जुलूल आना'। बालहठ है, ठुकराया नहीं जा सकता। लेकिन अचरज तब होता है जब ये बालहठी बेचारे; शादी की रात को नींद में बिस्तर गीला करते हुए पाये जाते हैं। ख़ैर, निमंत्रण था जो जाना ही था। हम अपना पुराना सहवालिया सूट पहनकर पहुँच गये। लम्बाई न बढ़ने का मैंने यही एक फ़ायदा लिया है बस। साल-दो साल में ड्राय-क्लीन करा देने से एकदम नये जैसा हो जाता है।

दोपहर की ट्रेन थी मेरी, शाम को वहाँ पहुँचा। दस मिनट का पैदल रास्ता तय करके सीधे कार्यक्रम स्थल पर अवतरित हुआ। काफ़ी भीड़भाड़ थी। बारात के आ जाने से चहल-पहल बढ़ गयी थी। सुल्तान बैंड-पार्टी के गायक ने मुझे देखते ही सुर छेड़ा-"ओ मुझे छोड़कर तुम जो जाओगे, बड़ा पछताओगे-बड़ा पछताओगे।" कोई लोकल आदमी जो मौके का फ़ायदा उठाकर बारात में घुस आया था, दिल खोलकर नाचने लगा। मुझे कई दफ़ा ऐसा लगता है कि 'बेगानी शादी में अब्दुल्ला दीवाना' वाली कहावत पूर्वांचल की ही किसी शादी में कही गयी होगी। अगले कुछ समय तक बैंडवालों की सदाबहार नागिन धुन बजती रही फिर चेंज किया- *मन पारₛₛₛ जहिया कुँवार रहलू-पियवा से पाहिले हमार रहलू-उ-ऊ!*

मुझे गायक के सिर पर शनिचर दिखने लगे, क्योंकि यह गाना सुनते ही लड़की के चाचा जो बाहर खड़े थे, तमतमा गए। मामला बिगड़ता देखकर मैं फुर्ती से अंदर घुस गया।
सूट अच्छी कंडीशन में था, तो द्वार पर आवभगत अच्छी हुई। प्रवेशद्वार के दोनों ओर खड़ी लड़कियों ने, भर-भरके सेंट छिड़का मेरे ऊपर। मैं घबराया कि कहीं मुझे ही दूल्हा न समझ बैठीं हों बिचारी। आम आदमी के जीवन में कुछेक जगहों पर ही उसे वीआईपी होने का एहसास होता है। मैंने वो एहसास वहीं लूटा। घुसते ही दो-चार जाने-पहचाने चेहरों से नमस्कार-बन्दगी की। फिर अपनी फेवरेट जगह की तरफ़ रुख किया-फ़ूड स्टॉल। वहाँ खाने के लिए तो इतनी धकमपेल मची थी कि पूछिये मत। ये

लोग पता नहीं इतना खाना खाते कौनसे पेट में हैं। दुनियाभर में जो इतनी भुखमरी व्याप्त है उसका कारण हम उत्तर भारतीय ही हैं। दूसरी संस्कृतियों में भोजन एक अंग हो सकता है, हमारे तो अंग-अंग में भोजन घुसा हुआ है। ऐसा लगता है कि हमारी समूची संस्कृति ही भोजन से विकसित हुई है। ये जो एक प्लेट में छै-छै लोगों का खाना घुसेड़ रक्खा है इस बुड्ढे ने, बताइये जरा इससे कितने भुखमरों का पेट भरा जा सकता होगा। पंद्रह-बीस पूरियाँ, कचौड़ी, पुलाव, दो तरह की सब्ज़ी,दाल, सलाद-पापड़। चूँकि रसगुल्ले और हलवे के लिए जगह नहीं बची तो उसे चावल के बीचोंबीच गड्ढा बनाकर वहाँ सजा लिया है। प्लेट में रत्तीभर जगह नहीं छोड़ी है। हाथ और मुँह दोनों बराबर गति से चल रहे हैं। इसे देखकर तो ऐसा लगता है जैसे यही रात; हश्र की रात है। ज़िंदगी कुल जमा चार दिन की थी-दो दिन खाने में निकाल दिये और दो पखाने में। खैर छोड़िये, ख़बर में पाँव लटके हैं ससुर के, जब यही नहीं सोच रहा तो हम-आप सोचके क्या करेंगे। बहरहाल, मैं अपनी प्लेट लेकर स्टालों के सामने से गुज़रने लगा। इतने तरह के पकवान थे कि देखकर ही चक्कर आने लगे। सौभाग्य से, एडजस्ट करने की कला में पारंगत हूँ। मैंने इसी कौशल का प्रदर्शन करते हुए अपनी थाली में दो कचौरी, छह पूड़ियां, एक सब्ज़ी मटर पनीर की, एक मशरूम की, बीच में पुलाव, उसके ऊपर दाल, एक कोने में पापड़, सलाद, और चार रसगुल्लों(दो काले और दो सफ़ेद) को जगह प्रदान की। यहाँ ध्यान दें कि इस सादे भोजन के पहले मैंने हल्का नाश्ता भी किया था, जिसकी एक अलग लिस्ट बनानी चाहिये, लेकिन इसे भोजन में शामिल नहीं कर सकते। और खाने के बाद गाज़र और मूँगदाल के हलवे भी थे, पर डेज़र्ट को गिनती में रखना सही नहीं होगा। अपनी सजी-सँवरी प्लेट लेकर मैं एक किनारे निकल आया और बैठने के लिए खाली कुर्सी ढूँढने लगा। मैंने देखा, एक महाशय अपनी सीट से उछल-उछलकर अगली लाइन में बैठी किसी कन्या पर फूल फेंक रहे थे। मैं मौक़े की तलाश करने लगा। सहसा उन देवी जी ने

हमारे रणबीर कपूर को देखकर, एक हाथ से पानी पीने का इशारा किया। उनका इशारा पाते ही ये भाईसाहब अपनी जगह से उठे, और दनदनाते हुए पानी के स्टॉल की तरफ़ निकल लिये। मैं चट से जाकर खाली सीट पर बैठ गया। लेकिन मेरी यह ख़ुशी ज्यादा देर तक टिक नहीं सकी। अभी मुझे बैठे हुए एक मिनट भी नहीं गुज़रा होगा कि मैंने देखा- मुझसे थोड़ी ही दूर पर एक लड़का खड़ा था। लड़का हालाँकि दिखने में एवरेज ही था- बाल बिखरे हुए,दुर्बल शरीर और शरीर पर झूलते हुए अस्त-व्यस्त कपड़े, लेकिन हाथ में उसके ऐपल का आईफोन था। मैं तुरन्त स्थिति को भाँप गया और लड़के के लिए कुर्सी ख़ाली कर दी। डॉक्टर्स कहते हैं कि एक किडनी वाले लोगों को ज़्यादा देर तक खड़ा नहीं रहना चाहिए। मैं किसी नई जगह की तलाश में था, लेकिन बैठने के लिए कोई कुर्सी खाली नहीं थी। सो जाकर एक स्टॉल के पास खड़ा हो रहा। यहाँ थोड़ा सुकून था। द्वारपूजा हो चुकी थी। अब जयमाल की तैयारी थी। दूल्हा अंतिम बार स्टेज की तरफ़ अकड़ के बढ़ रहा है, इसे शायद मालूम नहीं कि आज के बाद इसकी सारी अकड़ ढीली हो जानी है।

कैमरे वालों की मुझसे जाने क्या दुश्मनी है। एक से बढ़कर एक भुक्खड़ वहाँ खड़े डकार रहे हैं, पता नहीं भाई को मेरी थाली में कौन सा ख़ूबसूरत शॉट मिल रहा है? जैसे शेर की खाल गधे के हाथ लग जाने से वो शेर बन जाता है, नारियल की खोपड़ी बंदर के हाथ लग जाने से उसमें खोजी गुण आ जाते हैं, वैसे ही छपरियों के हाथ डीएसएलआर लगते ही वो कैमरामैन बन जाते हैं। यह तो हालाँकि कहने-सुनने की बात है, यों अपने काम को ये लोग बड़े प्रोफ़ेशनल ढंग से अंजाम देते हैं। एक नौसिखिया कैमरामैन भी शादी-ब्याह की फ़ोटो इतनी शिद्दत से खींचता हैं, मानो प्रिंस फ़िलिप और महारानी एलिजाबेथ का फोटोशूट कर रहा हो। फ़ोटोग्राफ़ी केवल इनका पेशा ही नहीं होता, इनका नैसर्गिक गुण भी होता है। जिस प्रकार डॉक्टर खुद चाहे कितने भी कष्ट में हो,

मगर रोगी को देखेगा तो इलाज करने लगेगा। जैसे वकील चाहे प्रेम में आकंठ डूबा हो- बहस छिड़ जाने पर तर्क ही करेगा,दिन को रात कहने पे रात नहीं कह देगा। ठीक वैसे ही एक फोटोग्राफर चाहे कितनी ही गहरी नींद में क्यों न हो, एक बार पीठ ठोंक कर उठा दो- 'स्माइल-स्माइल' बोलता हुआ फ़ोटो खींचने लग जायेगा। चूँकि वर-वधू को फ़्रेम में लेना इनकी प्रोफेशनल मजबूरी है, वर्ना शादी के वीडियो में अधिकतर शॉट या तो ब्याह में आने वाली सुंदरियों के होते हैं, या फूँक-फूँककर काफ़ी पीते हुए अधेड़ उम्र के रिश्तेदारों के, डीजे पर गुलाटियाँ मारते हुए नौनिहालों के या फ़िर भर प्लेट भोजन भकोसते हुए मेहमानों के। अभी यह ऊपर बताये गए चौथे प्रकार के शॉट के लिए ही मेरे पीछे पड़ा है। यहाँ से खिसक लेने में ही भलाई है, वर्ना कहीं बाद में खाना शॉर्ट कर गया तो इल्ज़ाम हमीं पे आ जायेगा। सुबूत कैमरे में कैद है।

आइये इधर चले आइये- यहाँ डीजे नाच की व्यवस्था की गई है। डीजे नाच नहीं समझते? इसे समझाने के लिए पहले मुझे इसका वर्गीकरण करना पड़ेगा। देखिये, डीजे अलग चीज़ है, नाच अलग चीज़ है। डीजे पर चढ़कर हम खुद डांस करते हैं और नाच में कुछ प्रतिभाशाली नृत्यांगनाओं को यह मौका दिया जाता है। डीजे नाच का आशय आप कुछ-कुछ समझ गए होंगे। नहीं समझे तो ऐसे समझिए कि तिलक-शादी, बड्डे पार्टी, सतईसा या बीडीसी-बिधायक के चुनाव जैसे शुभ अवसरों पर राजा-महाराजाओं के दरबार में मुग़लकालीन परंपरा के अंतर्गत महानृत्य का भव्य आयोजन कराया जाता है, जिसमें बंगाल की खाड़ी से उभरती हुई नर्तकियाँ अपने कटिप्रदेश यानी कमर को भाँति-भाँति से लचकाकर दर्शकों में हर्षोल्लास पैदा करतीं हैं। रात्रि के कुछ बारह-एक बजे तक यह नृत्य इसी सादगी से चलता है। रात्रि जैसे ही अपने तीसरे पहर में प्रवेश करती है फ़ौरन कुछ गण, महाराज का संकेत पाकर उठते हैं और दसों दिशाओं में गश्त लगाकर यह सुनिश्चित कर लेते हैं कि दर्शक-दीर्घा से बच्चे और

महिलाएं उठकर चली गयी हैं और छतों पर जमी गृहणियां भी सोने जा चुकीं हैं। तत्पश्चात नृत्य अपने वास्तविक स्वरूप में आ जाता है। अब हर गुज़रते घण्टे के साथ ये कुशल नर्तकियां अपनी देह से एक-एक कपड़ा उतारकर हवा में उछालने लगतीं हैं, जो व्याकुल भीड़ में जाकर चिथड़े-चिथड़े हो जाता है। धीरे-धीरे यह उल्लास उन्माद में और फ़िर कामोन्माद में तब्दील होता है जिसकी परिणीति कुछ इस प्रकार होती है कि थोड़ी देर में ही प्रकाश को मद्धिम करते हुए संगीत को बंद कर दिया जाता है। इस ख़ास इंतजाम के बाद राजा साहब और उनके कुछ दर्जा प्राप्त मंत्री, एक-एक नर्तकी को लेकर पुरस्कृत करने हेतु एक-एक कमरे में चले जाते हैं तथा पीछे छूट गए सेवक और आमजन एक विशेष 'काम' से बाहरी छोर पर बने अंधकारमय बाथरूमों या खेत-खलिहानों में जाकर विलुप्त हो जाते हैं। कुछेक वृद्धजन जो इस अवस्था में अब उस विशेष *काम* के लायक नहीं रहे, व्याकुल भाव से उठते हैं और मन की शांति के लिए नयी पीढ़ी को गरियाते हुए अपने घरों का रुख कर लेते हैं। यह डीजे नाच, भोजपुर के ग्रामीण इलाकों में खासा प्रसिद्ध है।

रात के नौ बजे थे, और नाच में सरगोशियाँ छाने लगीं थीं। सुदूर पूर्व की कोई दिलजली, उचक-उचककर अपने साजन की दुल्हन सजाने का वायदा दुहराती जा रही थी। हालाँकि हर अंतरे के बाद वो घूम जाती थी और इशारे से अपना साजन बदल लेती थी, इसलिये वास्तविक साजन कौन है यह जान पाना थोड़ा मुश्किल था। जैसे मूर्तिकार अपनी मूर्ति की थोड़ा और सँवार देने की कोशिश में उसे तोड़ देता है, ठीक वैसे ही ये मोहतरमा अपने नृत्य को थोड़ा और निखार देने के चक्कर में, अपने ब्लॉउज़ के बटन तोड़ देने पर आमादा थीं। अगले ही क्षण भोजपुरी के एक लोकप्रिय गीत पर वो बेचारी अपनी जवानी के छलकने की व्यथा सुनाने लगीं। इस बार उनकी 'जवानी' सचमुच ही छलक जाती, अगर उसे सँभालने के लिए कुछ परोपकारी नौजवान

आनन-फानन में डीजे पर ना चढ़ आये होते। आते ही उन्होंने उस अबला को चारों तरफ़ से घेर लिया और हुलसकर नाचने लगे, ताकि जवानी छलककर कहीं बाहर ना जाने पाये। मज़लूमों के प्रति नौजवानों के भीतर सेवा की यह जबर्दस्त भावना देखकर लोग रोमांचित हो गए, और ताली बजाकर-किलकारियाँ मारकर उनका उत्साहवर्धन करने लगे। मैं समझ सकता हूँ कि आप पाठकों की भी उत्सुकता बढ़ती जा रही है लेकिन चूँकि प्लेट सफ़ाचट हो चुकी है, तो मुझे हाथ धोने के लिए अभी कोने में जाना पड़ेगा। और चूंकि भोजन के बाद फ़िर मुझे भयंकर जम्हाई आने लगती है, तो मजबूरन मुझे इस सीन का लाइव टेलिकास्ट यहीं रोकना पड़ रहा है।

भीड़ से निकलकर मैं उस तरफ़ चला जहाँ हाथ धोने की व्यवस्था की गयी थी। यहाँ हाथ धुलाने और पानी पिलाने के लिए दो सुंदरियों की नियुक्ति की गयी है। यही वजह है कि लोग काफ़ी हाईजीनिक ढंग से हाथ धोकर मुँह पर आहिस्ते से रुमाल फ़िरा रहे हैं। वर्ना विशुद्ध भारतीय तो वही है जो शामियाने में हाथ पोंछ लेता हो, ये शादियों में नैपकिन रखना तो अमीरों के चोंचले हैं। दो कबीर सिंह टाइप लौंडों को पिछले दस मिनट में कुल तीन बार प्यास लग चुकी है। देवियाँ पिलाती जाती हैं, ये पिये जाते हैं। समझना मुश्किल नहीं कि इनकी प्यास बुझती क्यों नहीं है? गिलास में पानी ढालती हुई लड़कियों को ये जैसे देख रहे हैं, अमृत बाँटती हुई मोहिनी को दैत्य किस नज़र से देखते होंगे, इसकी कल्पना मुश्किल नहीं है। चलिए! अब विश्राम करते हैं।
शादियों में सोने के कुछेक विशेष नियम हैं जो मैं आपके लाभ के लिए यहाँ लिखे दे रहा हूँ। यहाँ 'पहले आओ-पहले पाओ' वाला फॉर्मूला चलता है इसलिये फ़ालतू के खामखाँ सिंह न बनें। 'गिल्ट' के मारे हाथ बँटाने के व्यर्थ चक्करों में न पड़ें। जितनी जल्दी जायेंगे, मनचाही सीट पायेंगे। वर्ना इस भलमनसाहत के फ़ेर में

कुर्सियों के ढेर पर या टेंट वाले की दरी पर भी सोना पड़ सकता है। मौसम सर्दियों का हुआ तो रात ठिठुरते हुए बीतेगी, और गर्मियों का हुआ तो रातभर मच्छरों से गुरिल्ला युद्ध करते रह जायेंगे। इसलिये कमरे में घुसकर उपयुक्त जगह की तलाश करें और तुरत कुम्भकर्ण का रूप धार लें। फ़ोन अगर चार्ज हो तो सॉकेट के पास भूलकर भी न सोयें, वर्ना रात भर फ़ैन ऑपरेटर या लाइन मैन का काम करना पड़ सकता है। लोग जब-तब आके कान के बगल में चार्जर खोंस देंगे। अपने सामान की सुरक्षा स्वयं करें। चप्पल सिरहाने रखकर सोइये, देखने वाला गँवार समझे तो समझे। एक विशेष आग्रह है कि सुबह जल्दी उठने की कोशिश करें, क्योंकि शौचालयों के बाहर बड़ी लंबी-लंबी कतारें लगतीं हैं। समय का पाबंद न होने का खामियाज़ा, आपको किसी खेत में बैठकर भुगतना पड़ सकता है। यह बात मुझे खुद सुबह पता चली है।

मैं चूँकि रात में देर से सोया था, लिहाज़ा सुबह उठने में थोड़ी देर हो गई। अब शौचालय से मैं आँखों-देखा हाल बयाँ कर रहा हूँ, सुनियें! शादी की सुबह शौचालय के सामने जितनी लंबी लाइन लगती है, उतनी अगर पोलिंग बूथ के आगे दिख जाती तो देश का भविष्य बेहतर हाथों में होता। काफ़ी मशक्कत के बाद एक टॉयलेट खाली मिला- मैंने झट से घुसकर कुंडी मारने की सोची। लेकिन यह क्या? इस बाथरूम को डिजाइन करते समय आत्मनिर्भरता का ख़ास ख़याल रखा गया है, क्योंकि किवाड़ में कुंडी ही नहीं है। जाहिर है, अंदर बैठने वाले को एक हाथ से किवाड़ पकड़कर बैठना पड़ेगा, वर्ना सुबह -सुबह एक हृदयविदारक घटना घटित हो सकती है। किसी जुगत से ब्रश वगैरा करके मैं निकलने ही वाला था कि एक जन अपने पैजामे का नाड़ा सम्हाले, बेचैनी में चहलकदमी करते दिखलाई पड़े। हालांकि उनकी परेशानी लाज़िम थी लेकिन इससे पहले की मैं कुछ समझ पाता वो फ़ट पड़े- "बताओ स्साले को, जे कोई बात हुई। दस मिनिट से खड़े चिल्ला

रे हैं कउनो खोली नहीं रहा। स्साले पता नहीं का करन लगते हैं अंदर बइठ के।"

मैंने हँसी दबाते हुए कहा-" चाचा ये पार्टीशन की दीवाल है, टॉयलेट उधर है। वो देखिये, खाली है।" चाचा झेंप गए। शायद थैंक यू बोलना चाहते होंगे लेकिन मामला अर्जेंट था। बड़ी फुर्ती से निकल लिये।

सुबह-सवेरे एक अच्छा काम करके मैं अच्छे मन से लौट आया। नाश्ते में पूरी-सब्ज़ी और जलेबी थी। दिल ख़ुश हो गया। इधर नाश्ता चल रहा है, उधर विदाई की तैयारी चल रही है। घर में कोहराम मचा हुआ है। लड़की अपने प्रियजनों से बारी-बारी से लिपटककर रो रही है। यह ऐसा क्षण है जब संगदिल इंसान भी रो पड़ता है। अनुशासन की डाँट लगाने वाला पिता भी रो देता है। लड़ने-झगड़ने वाला, सीधे मुँह बात न करने वाला भाई भी रो देता है। माँ तो ख़ैर रोती ही है। घण्टे भर में विदा सम्पन्न हुई। अधिकांश लोग जा चुके थे। घर के ही लोग बचे थे, या बहुत करीबी रिश्तेदार। मैं ना घर का था, ना रिश्तेदार, इसलिये मैं भी नाश्ता करके घर के लिए निकलने की तैयारी करने लगा। सोचा चलते समय अपने दोस्त से मिल लूँ, लेकिन पूछने पर पता लगा कि सो रहा है। सिर्फ़ वही नहीं, घर के अधिकतर लड़के सो ही रहे होंगे। कई दिनों तक चलने वाले शादी समारोह के दौरान घर के लड़कों की हालत मजदूरों जैसी हो जाती है। यह उनके लिए आराम का समय है। बर्फ़ीले क्षेत्रों के जानवरों में शीतनिद्रा का गुण पाया जाता है। यह गुण प्रायः मनुष्यों में भी देखने को मिलता है। लड़की की विदाई हो जाने के बाद लड़की के भाई शीतनिद्रा में चले जाते हैं। लड़की के घर से निकलते ही ये दो बड़ी घटनाएं घटित होतीं हैं- लड़की की मां को दाँत लग जाते हैं, और लड़की के भाइयों की आँख लग जाती है। इसलिये मैंने सोचा

जगाने का कोई मतलब नहीं है। घर के बड़ों से विदा लेकर मैं बस पकड़ने चल पड़ा।

122

समाप्त

घूरन की रज्जो

-"काय री? बताती काए नईं?"

-"हम? का बतावें? कहा तो कल बताय देंगे। रात भर का भी चैन नहीं परत का जिया में?"

-"अरे मोरी रज्जो!(रज्जो नाम भी घूरन का ही दिया हुआ है।) यहै रात की ही तो सब बात है। कल का फिकिर माँ जान निकीर जाई आज। जेई रात की सबेर ना हुईहै अब।"

-"हाँ तो ना हो!" बिंदिया खिलखलाकर हँस पड़ती है। ......"हम का तुमरे रात-दिन का कंट्रैक लिखावा है का?"

-"हा? कंट्रैक?" घूरन की चमकीली आँखें फ़ैलकर क्षितिज हो जातीं हैं। "आ-हा। हाय री मोरी रज्जो! जे कहाँ से सीख आई, अंग्रेजी माँ बोलै लगी अब तो।"

गाँव की पगडंडी को आरसीसी किया जा रहा है, आये दिन दो-चार सरकारी अफ़सर जमा होते हैं। इन्हीं लोगों की बातचीत से बिंदिया ने ये दो-चार शब्द पिक कर लिये हैं, जिनका इस्तेमाल वो अक्सर अपनी सहेलियों पर और अपनी अम्माँ पर करती है। आज इसके लपेटे में घूरन भी आ गया।

"अरे जाओ! तुमहि आये बड़े अंग्रेज के लल्ला, हम्मे का आती नईं का। अबकी दसमी माँ गईं हैं, मैडम जी कहतीं रहीं कि बिंदिया! इस बार तो तुम जिला टाप दोगी।('टॉप कर दोगी' पढ़ा जाये।) हमैं का अपने जइसा लगा रक्खा है का।" बिंदिया कुछ तुनककर जवाब देती है।

"हा हा-हा!" बिंदिया की हाज़िरजवाबी पर ठठा के हँसता है घूरन।

-"हाँ तो, हम का खलिहर बइठे रहत हैं का? अपना कमाते हैं, उड़ाते हैं। जेहि तो जीवन का रस है।" अपनी बात पूरी करने के बाद घूरन के चेहरे पर जो भाव उभरे, उसे देख कर लगा कि वो किसी ईंट भट्टे का मजदूर न होकर, दर्शनशास्त्र का विद्यार्थी है।

-"हाँ बड़ा उड़ावत हो। औ कल को जो मेहरी आ जायेगी तो? तो भी उड़ावा करोगे?"

-"अरे पहिले आओ तो, तुम्हरै तो इंतिजारे कर रहे।"

'धत्त!' बिंदिया लजाकर दो कदम पीछे हट जाती है। रक्त-संचार तेज़ होता है। तलवे पसीजने लगे हैं, पेट में गुदगुदी होती है। बिंदिया के गंदुम गालों पर डूबते सूरज की लालिमा का परावर्तन होता है।

-"जाओ हटो। जेई सब कहिते हो तो अच्छा नहीं लगता फिर।" बात ख़त्म होने से पहले ही बिंदिया अपनी साइकिल सँभाल चुकी है। -"जाय रहे हम, यही सब बात करते हो तो।"

झूठमूठ का गुस्सा है, घूरन जानता है। बिंदिया भी जानती है, कि घूरन जानता है।

-"अरे-अरे अच्छा सुन तो! बिंदिया।" घूरन रोकता रह जाता है, बिंदिया तबतक अपनी साइकिल पर चढ़कर एक पैडल मार चुकी होती है।

-"कल इंतिजार रही। यहै टाइम माँ। भूलना नई।"

-"ना_आ_ही आवेंगे_।" बिंदिया, बिना रुके-बिना मुड़े जवाब देती है। साइकिल बीस किलोमीटर प्रति घण्टे की रफ़्तार से भागती जा रही है, सूरज डूबता जा रहा है।

घूरन नासमझ है, इतना भी नहीं समझता कि बिंदिया को अगर वो रज्जो कहकर बुला सकता है, और समूचे गाँव में सिर्फ़ वही उससे खिलंदड़पन भी कर लेता है। तो इसके पीछे भी बिंदिया की मूक सहमति है। आप यदि लड़की को एक विशिष्ट नाम से पुकारने लगें और वो इसे सहर्ष स्वीकार भी कर ले, तो आप लड़की के अधिकार क्षेत्र में प्रवेश कर चुके हैं। नारी मन में सेंध लगाये

बिना यह संभव ही नहीं है।

अमावस की रात। गाँव का किनारा। एक पतली सी गली, जो आगे जाकर हाईवे पर खुलती है। खड़ंजे से कुछ हटकर एक बड़ी सी झोंपड़ी डाली गयी है। झोंपड़ी के बाहर किसी तरह का कोई बोर्ड नहीं लगा, लेकिन अंदर से आ रही बास हवा में घुलकर दूर-दूर तक यह सन्देश प्रसारित कर रही है- कि देसी दारु की भट्ठी यहीं है। झोंपड़ी के अंदर पाँच वॉट का एक बल्ब जल रहा है, जिसका प्रकाश खुद अंधकार से बाहर आने के लिए जद्दोजहद कर रहा है। कुछ गणमान्य नशेड़ी सधे क़दमों से अंदर जा रहे हैं, कुछ और लोग लड़खड़ाते क़दमों से बाहर निकल रहे हैं। अंदर काफ़ी धकापेल मची हुई है, मगर इस शोर-शराबे के बीच बैकग्राउंड में किसी पियक्कड़ शायर की ग़ज़ल के चंद टुकड़े सुनाई देते हैं।

'ये हौसला भी अगर ना हो, तो मर जाएं।
हम अगर मयख़ाने ना जाएं, तो किधर जाएं।
पार दरिया उतरने का अभी इरादा नहीं अपना,
जाओ कह दो सैलाबों से कि उतर जाएं।'

घूरन, सिरचन के साथ पीने बैठा है। सिरचन भी उसके साथ भट्ठे पर काम करता है, और घूरन का हमउम्र है। आज तो छककर पीने की रात है। पीनेवाला दुःख में भी पीता है, और सुख में भी पीता है। शराब इंसान की सबसे बड़ी दुश्मन नहीं है, बल्कि सबसे अच्छी दोस्त है। घूरन ने गिलास को किनारे सरका दिया, और खड़ी शीशी ही मुँह से लगा ली। पहला घूँट भरते ही मितली आ गयी। आज दारु कुछ ज्यादा ही कड़वी है। नहीं-नहीं। मन का वहम है। वैसे भी जब शबाब का सुरूर चढ़ जाये तो शराब अच्छी कैसे लगेगी। घूरन गटागट पीता जा रहा है। रात ढलती जा रही है।

दिन निकल आया है। पुलिस आ चुकी है। जिले से निकलने वाले

एकाध हिंदी अख़बारों में ख़बर छपेगी, और दो-चार न्यूज़ चैनलों के लिए कंटेंट का इंतजाम हो जायेगा। ईंट के भट्ठे पर काम करने वाले सामान्य मजदूर, असामान्य मौत मरे हैं। नशामुक्ति अभियान के युद्ध में खेत रहे इन रणबांकुरों को, इवनिंग बुलेटिन की फ़टाफ़ट सौ ख़बरों में स्थान दिया जायेगा।

'जहरीली शराब पीने से छः की मौत। ईंट भट्ठे पर काम करने वाले छः मजदूरों ने जान गँवाई, अन्य तेरह की हालत गंभीर।' गाँव में कुछ दिनों के लिए थोड़ी हलचल होगी, फिर सब कुछ शांत हो जायेगा। इस दुर्घटना को छोड़ दें, तो आज की सुबह भी बाकी दिनों की तरह ही है। पंछी अपने घोसलों से कूच कर गए हैं। गली के कुत्ते दूर बैठे इस शोकसभा को अचरज से देख रहे हैं। धूल उड़ाती हुई हवा चल रही है। इस जगह से थोड़ी दूरी पर बने एक घर की छत पर, एक लड़की गुमसुम बैठी है। यह बिंदिया है। कोने में रखे खलिहान की ओट से वो ये नज़ारा देख रही है।

आस-पड़ोस के मर्द शव यात्रा के लिए बंदोबस्त कर रहे हैं। औरतें विलाप कर रही हैं। दोनों अपने-अपने धर्म का निर्वहन कर रहे हैं। बाकी के दिनों में एक-दूसरे से मुँह छुपाने वाली स्त्रियां भी आज एक में एक लिपटकर रो रही हैं। अधेड़ उम्र की कुछ औरतें नई-नवेली विधवाओं को धीरज रखने की नसीहत दे रहीं हैं। ढाँढस वही बँधा सकते हैं जो पृथक हों, जिसपर बीतेगी वो जानता है कि रोना कितना जरूरी है। कभी तो रजिया चीत्कार करती है, कभी धनिया। खुशियां धर्म देखतीं हों शायद, दुःख नहीं देखता। कोई, किसी के भी कंधे पर सर रखके रो सकता है। इंसान; दुःख के दिनों में ही इंसान है।

शराब पीनेवाले तो कुत्तों की मौत मर के चले गए, और पीछे छोड़ गए हैं हत्भागियों का कुनबा। गरीबों के पास ना कोई सञ्चित निधि होती है, ना जीवन बीमा। सरकार मृतकों के परिवार के लिए मुआवजे की घोषणा जरूर करती है, लेकिन उसे पाने के लिए घर की औरतों को जाने किन-किन दफ़्तरों से और कैसी-कैसी निगाहों से होकर गुजरना होगा। घर के कमाऊ सदस्यों की असमय मृत्यु

ने कई होनहारों का भविष्य अनिश्चित कर दिया है। डॉक्टर बनने की चाहत रखने वाले हरकिसुन के बेटे को अब मात्र चौदह साल की अवस्था में भट्ठे पर लगना पड़ेगा। मासिक धर्म शुरू होते ही रबिन्दर की गुड़िया के हाथ पीले करने होंगे, इससे दहेज़ का खर्चा बचेगा- पैसे उल्टे मिल ही जायेंगे।

छः लाशें एक के बगल में एक रखी हुई हैं। मृतकों में चार हिन्दू हैं, दो मुसलमान। कफ़न के लिए कोई ख़ास इंतजम नहीं किये गए। किसी लाश पर धोती पड़ी हुई है, किसी पर गमछा है। हवा चली, एक लाश का चेहरा खुल गया। पुष्ट चेहरा। साँवला रंग। मुँह से कोई चीज़ निकली है और सूख गयी है। देखकर तो लगता है जैसे अभी उठकर बैठ जायेगा। यही घूरन है। बिंदिया को उबकाई आयी, फिर वो सिसककर रोने लगी। घूरन ने चेताया तो था कि इस रात की सुबह नहीं होगी, मगर आज का सूरज ऐसे निकलेगा, बिंदिया ने सोचा नहीं था। जी चाहता है अभी जाकर बाल पकड़ ले घूरन के, और तड़ातड़ चाँटे बरसाने लगे। काहे पी तूने दारू? इस मुँहजोरी के बाद उसकी चौड़ी छाती में मुँह ढककर, उसकी मजदूरी गंध में सिमटकर-किलसकर रो ले। लेकिन वर्जनाओं का स्थान प्रेम से कहीं ऊपर है। शराब भट्ठी के मालिक को धर दबोचा गया। पुलिस सुबह से ही पूछताछ कर रही है, लेकिन वो कुछ भी बता पाने में असमर्थ है। पुलिस ने ग्रामीणों की मदद से, गाँव की उत्तर दिशा में बनी अवैध भट्टियाँ तोड़ दी हैं, और सारी शराब बहा दी है। लेकिन इसे बनाने का हुनर अब भी जस का तस पड़ा हुआ है।

इस घटना को आज तीन दिन बीत चुके हैं। बिंदिया इन तीन दिनों में स्कूल नहीं गई, क्योंकि रास्ते में वही ईंट भट्ठा पड़ता है, जहाँ अगले दिन कोई मिलने वाला था, पर अब कभी मिल न सकेगा। बहुत सी प्रेमकथाओं का अंत इस तरह भी होता है।

समाप्त

www.ingramcontent.com/pod-product-compliance
Lightning Source LLC
La Vergne TN
LVHW051545170726
843492LV00006B/1959